Enid Blyton • Fünf Freunde beim Wanderzirkus

OMNIBUS

Alle Bände auf einen Blick

Enid Blyton

Fünf Freunde

... erforschen die Schatzinsel (Band 1)
... auf neuen Abenteuern (Band 2)
... auf geheimnisvollen Spuren (Band 3)
... auf Schmugglerjagd (Band 4)
... beim Wanderzirkus (Band 5)
... auf der Felseninsel (Band 6)
... im Zeltlager (Band 7)
... geraten in Schwierigkeiten (Band 8)
... helfen ihren Kameraden (Band 9)
... auf großer Fahrt (Band 10)
... als Retter in der Not (Band 11)
... im Alten Turm (Band 12)
... jagen die Entführer (Band 13)
... verfolgen die Strandräuber (Band 14)
... wittern ein Geheimnis (Band 15)
... auf dem Leuchtturm (Band 16)
... im Nebel (Band 17)
... und das Burgverlies (Band 18)
... und ein Zigeunermädchen (Band 19)
... und der Zauberer Wu (Band 20)
... machen eine Entdeckung (Band 21)

Dieses Buch gehört:

Florian Hildebrandt

DIE AUTORIN

Enid Blyton starb 1968 im Alter von 71 Jahren. Bereits zu Lebzeiten war sie eine der beliebtesten und bekanntesten englischen Autorinnen. Es gibt wohl kaum einen Schriftsteller, der größeren Einfluß auf das Kinderbuch der Nachkriegszeit hatte. Enid Blyton liebte die Kinder in aller Welt und schrieb für sie etwa 700 Bücher, 10 000 Kurzgeschichten, viele Lieder, Gedichte und Theaterstücke. Ihre Bücher wurden in 30 Sprachen übersetzt.

Von Enid Blyton sind bei C. Bertelsmann bzw. OMNIBUS die folgenden Reihen erschienen: »Fünf Freunde«, »Fünf Freunde und Du«, »Die schwarze 7«, »Rätsel um...«, »Die verwegenen 4« und, als Sammelband, »Lissy im Internat«.

DIE SERIE

Wer kennt sie nicht, die weltberühmten fünf Freunde? Gemeinsam verbringen Anne, Georg, die eigentlich Georgina heißt, Richard, Julius und ihr Hund Tim die Ferien. Dabei gibt es immer einen aufregenden Fall zu lösen.

Seit Erscheinen des ersten Bandes im Jahr 1942 haben Millionen von begeisterten Lesern weltweit diese Abenteuer verschlungen und machten die »Fünf Freunde« zu Enid Blytons erfolgreichster Serie.

ÜBER DIESES BUCH

Zur Abwechslung verbringen die fünf Freunde die Ferien einmal nicht im Felsenhaus am Meer, sondern bei den Eltern von Julius, Richard und Anne. Da zieht ein Wanderzirkus mit buntbemalten Wagen und vielen Tieren durch den Ort, und die fünf haben eine Idee: Auch sie ziehen mit dem Pferdewagen los. Als sie unterwegs wieder auf den Wanderzirkus treffen, merken sie bald, daß hier irgend etwas nicht stimmt.

Enid Blyton

Fünf Freunde beim Wanderzirkus

OMNIBUS

OMNIBUS

Band 20278

Der Taschenbuchverlag
für Kinder und Jugendliche
von C. Bertelsmann,
München

Umwelthinweis:
Dieses Buch wurde auf chlorfrei gebleichtem Papier gedruckt.

Genehmigte Taschenbuchausgabe März 1997

Die Originalausgabe erschien 1946
unter dem Titel »Five go off in a Caravan«
bei Hodder & Stoughton Ltd., London

Aus dem Englischen von Dr. Werner Lincke
Innenillustrationen: Wolfgang Hennecke
Umschlagbild: © Hodder & Stoughton Ltd., London
Umschlagkonzeption: Klaus Renner
us · Herstellung: Stefan Hansen
Druck: Presse-Druck Augsburg
ISBN 3-570-20278-X
Printed in Germany

10 9 8 7 6 5 4 3 2 1

I

Ferien!

»Nichts ist schöner als der *Anfang* der Sommerferien«, stellte Julius befriedigt fest. »Es ist, als würden sie jahrelang dauern.«

»Du sagst es, Jul«, pflichtete ihm Anne, seine kleine Schwester bei. »Zuerst schleichen sie so schön langsam dahin, dann aber rasen sie im Galopp vorbei.«

Die anderen lachten. »Wau«, ließ sich eine tiefe Stimme vernehmen, als wolle ihr noch jemand zustimmen.

»Tim gibt dir auch recht, Anne«, sagte Georg und tätschelte den großen Hund, der neben ihnen lag. Auch Richard streichelte ihn, und Timotheus leckte alle beide.

Es war die erste Ferienwoche. Die Kinder lagen in einem sonnenbeschienenen Garten. Sonst hatten sie die Ferien immer bei ihrer Kusine Georg im Felsenhaus am Meer verbracht – diesmal aber waren sie zur Abwechslung bei den Eltern von Julius, Richard und Anne.

Julius war der älteste, ein großer, kräftiger Junge mit einem recht ernsten Gesicht, das von großer Entschlossenheit zeugte. Dann kamen Richard und Georgina. Das Mädchen Georgina glich eher einem Jungen mit Lockenhaar und bestand auch darauf, Georg gerufen zu werden. Sogar die Lehrer in der Schule nannten sie so. Anne war die jüngste, wenn sie auch zu ihrer größten Freude allmählich heranwuchs.

»Vati hat heute morgen gesagt, wenn wir nicht die ganzen Ferien über hierbleiben wollten, könnten wir uns einen anderen schönen Plan ausdenken«, verkündete Anne. »Ich bin aber dafür hierzubleiben.«

»Wir könnten aber doch vielleicht für zwei Wochen irgendwohin gehen«, meinte Richard. »Zur Abwechslung.«

»Wollen wir zum Felsenhaus fahren und eine Zeit bei Georgs Eltern wohnen?« fragte Julius, der glaubte, Georg mit diesem Vorschlag eine Freude zu bereiten.

»Nein«, sagte Georg sofort. »Das ist nichts. Mutter hat mir geschrieben, daß Vater gerade ein neues wissenschaftliches Experiment begonnen hat – na, ihr wißt ja, was das bedeutet. Dann müssen wir auf Zehenspitzen laufen, uns im Flüsterton unterhalten und dürfen Vater die ganze Zeit möglichst nicht unter die Augen geraten.«

»Nichts ist schlimmer, als einen Wissenschaftler zum Vater zu haben«, bedauerte Richard sie. Er lehnte sich zurück ins Gras und schloß die Augen. »Klar, deine Mutter kann sich nicht gleichzeitig um uns *und* deinen Vater kümmern. Da würde sie ganz schön rotieren.«

»Ich habe Onkel Quentin gern, aber wenn er seine Launen hat, muß man sich vor ihm fürchten«, meinte Anne. »Er brüllt dann so schrecklich.«

»Es ist also beschlossen, daß wir nicht ins Felsenhaus fahren«, stellte Julius fest und gähnte. »Du kannst ja trotzdem für eine Woche zu deiner Mutter fahren, Georg, wenn du willst. Aber was machen wir dann? Die ganze Zeit hierbleiben?«

Sie lagen nun alle auf dem Rücken und blinzelten in die Sonne. Das war ein heißer Nachmittag! Timotheus saß neben Georg, seine rote Zunge hing weit heraus, und er hechelte laut.

»Laß das, Tim!« sagte Anne. »Das hört sich ja an, als wenn du viele Kilometer gerannt wärst. Da wird mir nur noch heißer.«

Der Hund haute Anne freundschaftlich die Pfote ins Gesicht, so daß sie quietschte. »Oh, Tim deine Pfote ist schwer. Nimm sie runter!«

»Wißt ihr, es wäre doch ein Mordsspaß, wenn wir allein irgendwohin gehen dürften«, unterbrach Georg das Schweigen, kaute auf einem Strohhalm herum und betrachtete den tiefblauen Himmel. »Es war doch bestimmt unser schönstes Erlebnis, als wir allein auf der Felseninsel waren. Könnten wir nicht ganz für uns allein weggehen?«

»Aber wohin?« fragte Richard. »Und wie? Schließlich sind wir noch nicht alt genug, um selber Auto zu fahren, obwohl ich schon fahren kann. Radfahren wäre auch nicht das richtige, denn Anne kommt da noch nicht so schnell mit.«

»Und außerdem gibt es immer Pannen«, ergänzte Julius.

»Es wäre doch super, irgendwohin zu reiten«, meinte Georg. »Nur – wir haben keine Pferde.«

»Doch, doch, unten auf der Weide steht die alte Dobby«, sagte Richard. »Sie gehört uns. Früher hat sie immer den Ponywagen gezogen.«

»Das ist doch Blödsinn, ein Pferd kann uns vier doch nicht tragen«, sagte Georg. »Mit Dobby hat es also keinen Zweck, da müßt ihr euch schon was Besseres einfallen lassen.«

Alle schwiegen wieder und versanken in Nachdenken. Timotheus schnappte nach einer Fliege, seine Zähne schlugen dabei laut aufeinander.

»Wenn ich nur auch so die kleinen Quälgeister fangen könnte!« meinte Richard und verjagte einen dicken, blauen Brummer. »Komm und fang die hier, Tim, mein Guter!«

»Wie wär's mit einer Wanderung?« schlug Julius nach einer Weile vor. Allgemeines Stöhnen war die Antwort.

»Was? Bei dem Wetter! Du bist verrückt!«

»Das würden unsere Eltern überhaupt nicht erlauben.«

»Wie schrecklich, stundenlang in dieser Hitze zu wandern!«

»Schon gut, schon gut«, beschwichtigte Julius sie. »Dann denkt euch eben was Besseres aus!«

»Ich wäre gern irgendwo, wo man baden könnte«, sagte Anne. »An einem See zum Beispiel, wenn wir schon nicht ans Meer können.«

»Das hört sich schon besser an«, stimmte Richard zu. »Leute, bin ich müde. Könnten wir die Frage ganz schnell regeln? Sonst schnarche ich plötzlich ganz fest.«

Aber das war alles nicht so einfach. Einen Ausflug in eine benachbarte Stadt wollten sie nicht machen, dann hätten die Erwachsenen sie begleitet und ständig auf sie aufgepaßt. In diesem heißen Augustwetter zu wandern oder mit dem Rad zu fahren – dafür waren sie auch nicht zu haben.

»Sieht ganz so aus, als müßten wir die Ferien über zu Hause bleiben«, meinte Julius bedauernd. »Na, ich mache jetzt ein Nickerchen.«

Im Nu schliefen alle im Gras, Tim ausgenommen. Er betrachtete sich als Wächter. Der große Hund legte sich ebenfalls hin, mit der Schnauze auf den Pfoten, hielt aber die Ohren gespitzt und die Augen halb geöffnet.

Der Garten zog sich einen Hügel hinauf. Von seinem Platz aus konnte Timotheus nach oben und unten ein großes Stück der Landstraße überblicken, die am Haus vorbeiführte. Es war eine lange, aber nicht sehr belebte Straße, denn es war eine ländliche Gegend.

Tim hörte in der Ferne einen Hund bellen, und seine Ohren stellten sich in diese Richtung. Er hörte Leute die Straße entlanggehen, und wieder spitzte er seine Ohren. Nichts entging ihm, nicht einmal das Rotkehlchen, das in einem nahe gelegenen Busch eine Raupe verschnabulierte. Ganz leise knurrte er den kleinen Vogel an – nur um ihm zu zeigen: Ich bin auf der Hut, nimm dich in acht!

Dann aber zog etwas die Straße hinunter, das Tim vor Aufregung erzittern ließ. Er sog die seltsamen Gerüche ein, die bis zu ihm hinauf in den Garten drangen. Ein langer Zug schlängelte sich über die Landstraße, Räder ratterten und rumpelten. Es war ein langsamer Zug, der von einem eigenartigen Wesen angeführt wurde.

Timotheus hatte keine Ahnung, was das sein konnte. Er hatte nämlich noch nie einen Elefanten gesehen. Tim witterte seinen scharfen Geruch, der ihm gar nicht gefiel. Er roch auch die Affen in den Wagen und hörte das Gebell der Hunde, die um den Zug herumsprangen.

Er antwortete heftig und aufgeregt. »Wau! Wau! Wau!«

Das laute Bellen weckte die Kinder. »Ruhe, Tim!« rief Georg ärgerlich. »So einen Krach zu machen, wenn wir schlafen!«

»Wau!« bellte Tim aufgeregt und stieß seine Herrin mit der Pfote, damit sie sich aufsetzte. Georg richtete sich auf. Auch sie sah sofort den Zug und rief laut:

»Hallo, ihr Schlafmützen! Ein Zirkus fährt vorbei. Seht!«

Im Nu waren alle hellwach. Sie starrten hinunter auf die Landstraße, wo die Wohnwagen langsam vorüberzogen, und lauschten dem Gebrüll der Raubtiere und dem Bellen der Hunde.

»Seht den Elefanten, der den Wagen dort zieht. Er muß mächtig stark sein«, sagte Anne.

»Auf! Schnell hinunter zum Gartenzaun! Dort können wir alles besser sehen«, schlug Richard vor. Sie rannten den Garten hinunter, um das Haus herum und dann an die Straße. Der Zug kam gerade am Zaun vorbei.

Es war ein buntes, fröhliches Bild, das sich den Kindern bot. Die Zirkuswagen waren mit leuchtenden Farben bemalt und sahen blitzsauber aus. Kleine geblümte Vorhänge hingen an den Fenstern. An der Vorderseite jedes Wagens saß ein Mann oder eine Frau und hatte die Zügel in der Hand. Jeder Wagen wurde von einem Pferd gezogen, nur den vordersten Wagen zog ein Elefant.

»Herrje – ist das nicht aufregend?« rief Georg. »Ich möchte bei einem Zirkus sein, der das ganze Jahr herumzieht. So ein Leben würde mir gefallen.«

»Du in einem Zirkus?« Richard lachte spöttisch. »Du kannst ja noch nicht mal ein Rad schlagen.«

»Radschlagen, was ist das?« fragte Anne.

»Was der Junge dort drüben macht«, erklärte Richard. »Sieh dir das an!«

Er deutete auf einen Jungen, der sich gerade überschlug, von den Händen auf die Beine und wieder zurück, wie ein richtiges Rad. Es sah so leicht aus, aber das war es nicht, wie Richard sehr wohl wußte.

»Der schlägt Rad?« fragte Anne bewundernd. »Das würde ich auch gern können!«

Der Junge kam zu ihnen und grinste. Bei ihm waren zwei kleine Hunde. Timotheus knurrte, und Georg faßte ihn am Halsband.

»Komm nicht zu nah!« rief sie. »Tim scheint dir nicht recht zu trauen.«

»Wir tun ihm schon nichts«, sagte der Junge und grinste wieder. Er hatte ein lustiges Gesicht, voller Sommersprossen, darüber einen wirren Haarschopf. »Ich erlaube meinen Hunden gar nicht, deinen Tim aufzufressen.«

»Paß lieber auf, daß mein Tim sie nicht frühstückt!« sagte Georg lachend. Die Hündchen liefen dicht hinter dem Jungen her. Er schnalzte, und sofort erhoben sich beide auf ihre Hinterpfoten und tippelten eifrig mit lustigen kleinen Schrittchen hinter ihm her.

»Treten die in eurer Show auf?« fragte Anne. »Gehören sie dir?«

»Die zwei, ja«, sagte der Junge. »Das hier ist Beller, und der dort heißt Knurrer. Ich hab' die schon, seit sie ganz klein waren. Sie sind sehr klug!«

»Wuff!« äußerte Tim und legte den Kopf schief. Das hatte

er noch nie gesehen, daß ein Hund auf den Hinterpfoten laufen konnte.

»Wo gebt ihr die nächste Vorstellung?« fragte Georg. »Wir möchten sie gern sehen.«

»Wir wollen uns jetzt etwas ausruhen«, sagte der Junge. »Wir ziehen hinauf ins Hügelland an einen See. Dort dürfen wir mit unseren Tieren lagern. Es ist da oben nämlich wild und einsam. Wir stören niemanden und stellen einfach unsere Wohnwagen auf.«

»Das ist prima«, sagte Richard. »Welches ist dein Wagen?«

»Der dort. Er kommt gerade vorbei«, sagte der Junge und

deutete auf einen grell angestrichenen Wagen, dessen Seiten blau und gelb und dessen Räder rot waren. »Ich wohn' mit meinem Onkel Dan da drin. Er ist der Oberclown im Zirkus.«

Die Kinder wunderten sich, daß er einem Clown so wenig ähnlich sah. Er trug schmutziggraue Hosen und ein verwaschenes rotes Hemd, das oben aufgeknöpft war.

Er sah nicht so aus, als könne er auch nur einen einzigen Spaß machen oder etwas Lustiges vorführen. Im Gegenteil, er schaute schlecht gelaunt drein und kaute mißmutig auf einer alten Pfeife herum, so daß Anne richtig Angst bekam. Er beachtete die Kinder überhaupt nicht und rief nur dem Jungen in scharfem Ton zu:

»Nobby! Los, komm! Geh in den Wagen und mach eine Tasse Tee!«

Der Junge winkte den Kindern zu und rannte an den Wagen. Onkel Dan hatte ihn anscheinend in guter Zucht. Er steckte den Kopf aus dem kleinen Fenster auf der Seite des Wagens.

»Tut mir leid, daß ich euch nicht zum Tee einladen kann!« rief er. »Beller und Knurrer würden euer kleines Hündchen gern kennenlernen.«

Der Wagen zog weiter und nahm den grimmigen Clown und den grinsenden Nobby mit sich. Die Kinder beobachteten weiter. Es war ein ziemlich großer Zirkus. Ein Affenwagen zog vorbei. Ein Schimpanse hockte schlafend in der Ecke eines dunklen Käfigs. Eine stattliche Zahl wunderschöner Pferde, glänzend gestriegelt, trabte vorüber. Dann folgten ein großer Wagen mit Bänken und Zelten, Wohnwagen für die Zirkusleute und außerdem eine Menge Leute, die auf ihren Wagen saßen oder neben ihnen herliefen, um sich die Beine zu vertreten.

Schließlich war der ganze Zug vorüber, und die Kinder gingen langsam wieder in ihren sonnigen Winkel im Garten zurück. Sie setzten sich – und dann verkündete Georg etwas, das sie alle emporfahren ließ.

»Ich weiß, was wir in diesen Ferien machen! Wir mieten einen Wohnwagen und fahren darin ganz allein weg. Ist das nicht eine Superidee? Wehe, einer von euch sagt nein!«

II

Georgs großartiger Einfall

Die anderen blickten in Georgs aufgeregtes Gesicht. Es war ganz rot geworden. Richard schlug begeistert mit den Fäusten auf den Boden.

»Ein klasse Einfall! Warum haben wir nicht früher an so etwas gedacht?«

»Oh! Ein Wohnwagen ganz für uns! Es klingt zu schön, um wahr zu sein«, meinte Anne, und auch ihr Gesicht rötete sich, und ihre Augen glänzten.

»Ja, ich finde, das wäre mal etwas ganz anderes«, sagte Julius, der überlegte, ob es auch zu verwirklichen wäre. »Wäre es nicht toll, wenn wir in die Berge fahren könnten? Vielleicht an den See, von dem der Junge gesprochen hat? Wir könnten dort baden und vielleicht mit den Zirkusleuten bekannt werden. Ich wollte schon immer einmal mehr über einen Zirkus erfahren.«

»*O Julius*! Der Gedanke ist ja noch besser!« rief Georg und rieb sich die Hände vor Vergnügen. »Dieser Nobby war doch recht nett, oder?«

»Ja«, stimmten ihr alle bei.

»Aber seinen Onkel fand ich weniger nett«, meinte Richard. »Eine richtige Trantüte. Ich wette, bei dem hat Nobby nichts zu lachen und wenn er zehnmal Clown ist.«

»Julius, glaubst du denn, daß wir allein mit dem Wohnwagen wegfahren dürfen?« fragte Anne zweifelnd. »Ich halte es für den wunderbarsten Einfall, den wir jemals hatten.«

»Na, wollen sehen«, sagte Julius. »Schließlich bin ich alt genug, um auf euch aufzupassen.«

»Bah!« äußerte Georg. »Vielen Dank, auf mich braucht niemand aufzupassen. Und wenn, dann kann es Tim übernehmen. Im übrigen schätze ich, die Erwachsenen sind heilfroh, wenn sie uns für ein bis zwei Wochen los sind. Sie finden doch immer, die Sommerferien sind zu lang.«

»Wir nehmen Dobby mit. Sie soll den Wagen ziehen!« sagte Anne plötzlich und schaute hinunter auf die Weide, wo das alte, treue Pferd stand und geduldig mit dem Schwanz die Fliegen verjagte. »Das würde Dobby gefallen. Es muß für sie doch recht langweilig sein, immer so allein auf der Wiese zu stehen.«

»Na klar, Dobby könnte mitkommen«, stimmte Richard zu. »Das wär' prima. Wo kriegen wir aber einen Wohnwagen her? Kann man sie so einfach mieten?«

»Keine Ahnung«, sagte Julius. »Ich habe einen Klassenkameraden – du kennst ihn auch, Richard, den langen Rudolf –, der ist in den Ferien immer mit seinen Eltern im Wohnwagen rumgefahren. Von ihm könnte ich erfahren, wo sie ihn herbekommen haben.«

»Vati weiß das auch«, meinte Anne. »Oder Mutti. Ich hätte gern einen großen Wohnwagen – rot und blau – mit einem kleinen Schornstein und Fenstern auf beiden Seiten, einer Tür hinten, Stufen...«

Jetzt machten sie alle Vorschläge und redeten so aufgeregt und laut durcheinander, daß sie nicht merkten, daß sich jemand näherte, neben sie stellte und zu lachen anfing.

Tim wedelte freundlich mit dem Schwanz. Er war der einzige, der in diesem Augenblick noch für etwas anderes Augen und Ohren hatte. Die Kinder sahen auf.

»Oh, Mutter!« sagte Julius. »Du kommst gerade im richtigen Augenblick. Wir wollen dir einen Vorschlag machen.«

Seine Mutter setzte sich lächelnd. »Ihr seid ja recht aufgekratzt«, meinte sie. »Was ist denn?«

»Es ist folgendes, Mutti«, sagte Anne, bevor die anderen ein Wort herausbrachten. »Wir meinen, daß es wahnsinnig toll wäre, wenn wir ganz allein in einem Wohnwagen wegfahren könnten! Mutti, das wäre so ein Spaß!«

»Ganz allein?« fragte ihre Mutter zögernd. »Ich weiß nicht recht...«

»Julius paßt auf uns auf«, unterbrach Anne ihre Mutter sogleich.

»Und Tim«, warf Georg sofort ein. Timotheus schlug mit dem Schwanz auf den Boden. Natürlich könnte er auf seine Freunde aufpassen! Hatte er das nicht schon jahrelang getan und an allen ihren Abenteuern teilgenommen?

»Ich muß mit Vater darüber sprechen«, sagte die Mutter. »Jetzt schaut doch nicht gleich so enttäuscht. So etwas kann ich schließlich nicht allein und im Handumdrehen entscheiden. Aber eigentlich paßt es ganz gut in meine Pläne, denn Vater muß eine Zeitlang hinauf in den Norden und würde mich ganz gern mitnehmen. Vielleicht hält er einen kleinen Wohnwagenausflug für einen recht guten Gedanken. Ich spreche noch heute abend mit ihm.«

»Wir könnten Dobby den Wagen ziehen lassen, Mutti«, sagte Anne mit leuchtenden Augen. »Oder nicht? Sie käme bestimmt gern mit. Sie hat doch so ein langweiliges Leben.«

»Wollen sehen, wollen sehen«, erklärte die Mutter und stand auf. »Nun kommt aber mit rein und wascht euch. Es ist bald Essenszeit. Dein Haar sieht ja schrecklich aus, Anne. Was hast du nur wieder gemacht? Einen Kopfstand?«

Alle stürzten sie ins Haus und fühlten sich ausgesprochen froh. Mutter hatte nicht nein gesagt. Menschenskinder! Ganz allein in einem Wohnwagen fortfahren, allein kochen und alles tun können, was man wollte, und Dobby als Begleiterin und natürlich auch Tim. Das war zu schön, um wahr zu sein!

Der Vater kam erst sehr spät am Abend nach Hause, was sehr ärgerlich war, denn die Kinder platzten schier vor Ungeduld. Alle außer Julius lagen im Bett, als er hereinkam; und selbst der hatte noch nichts zu berichten, als er schlafen ging.

Er steckte seinen Kopf ins Schlafzimmer der Mädchen. »Vati ist müde und ißt noch etwas. Mutter will ihm nicht damit kommen, solange er noch nicht ausgeruht ist. Pech, so werden wir erst morgen etwas erfahren.«

Die Mädchen seufzten.

»Mist!« sagte Georg. »Ich kann einfach nicht einschlafen. Geh von meinen Füßen, Tim! Wirklich, es ist zu heiß, um dich bei diesem Wetter in meiner Nähe zu haben.«

Am Morgen rechneten die Kinder mit guten Nachrichten. Sie setzten sich an den Frühstückstisch, diesmal alle sehr pünktlich, und Julius blickte erwartungsvoll auf seine Mutter. Sie lächelte und nickte. »Ja, wir haben es besprochen«, sagte sie. »Und Vati meint, es gibt keinen Grund, warum ihr keinen Wohnwagenausflug unternehmen sollt. Es wäre sogar ganz gut, meint er, wenn ihr euch einmal etwas den Wind um die Nasen wehen laßt. Aber ihr braucht natürlich zwei Wagen, einer genügt nicht. Ihr vier und Tim habt in einem Wohnwagen keinen Platz. Und für Dobby ist es auch zu schwer.«

»Aber Dobby kann doch nicht *zwei* Wagen ziehen, Mutti«, warf Anne ein.

»Wir können uns noch ein Pferd leihen«, sagte Julius. »Oder? Fein, das ist klasse von euch. Danke!«

»Einfach großartig«, sagte Richard.

»Prima!« meinte Georg und kraulte aufgeregt Tims Kopf. »Wann können wir starten? Morgen?«

»So schnell natürlich nicht«, erwiderte Julius. »Wir müssen erst die Wagen beschaffen, ein Pferd leihen, packen, und was sonst noch alles.«

»Ihr dürft nächste Woche fahren, wenn ich mit Mutter nach dem Norden reise«, erklärte der Vater. »Das paßt uns dann allen. Ihr müßt uns aber jeden Tag eine Postkarte schicken, wo ihr seid und wie es euch geht.«

»Es ist zu aufregend«, sagte Anne. »Ich kann gar nichts essen, Mutti!«

»Na, wenn das die Wirkung eines geplanten Wohnwagenausflugs ist, bleibt ihr wohl besser hier«, meinte daraufhin ihre Mutter. Anne begann, so viel wie möglich in sich hineinzustopfen. Sie konnte es noch immer nicht fassen. *Zwei* Wagen, *zwei* Pferde, vielleicht in Kojen zu schlafen, im Freien zu kochen, und...

»Du trägst die ganze Verantwortung, Julius, verstanden?« wandte sich Vater an seinen Ältesten. »Du bist jetzt verständig genug. Die anderen müssen das einsehen und dir folgen.«

»Okay, Vater«, sagte Julius und war sehr stolz. »Du kannst dich auf mich verlassen.«

»Und Tim hat auch Verantwortung«, sagte Georg. »Er ist so wichtig wie Julius.«

»Wau!« sagte der Hund, als er seinen Namen hörte, und schlug mit dem Schwanz auf den Boden.

»Du bist ein netter Kerl, Tim«, sagte Anne. »Dir werde ich immer aufs Wort folgen, immer tun, was du sagst, genau als wäre es Julius.«

»Dumme Ziege«, sagte Richard. Er tätschelte Tims Kopf. »Ich möchte fast wetten, ohne dich hätten wir nicht fahren dürfen, Tim. Du bist doch der beste Wächter für alle.«

»Genau«, bestätigte die Mutter. »Ohne Tim hätten wir euch nicht weggelassen.«

Es war alles so aufregend. Die Kinder gingen nach dem

Frühstück weg, um die Einzelheiten unter sich zu besprechen.

»Ich bin dafür, daß wir hinauf ins Hügelland fahren, zu dem See, von dem dieser Nobby gesprochen hat. Dort schlagen wir unser Lager auf«, sagte Julius. »Wir hätten dann Gesellschaft, und was für eine! Aber wir bleiben ein Stück weg von den Zirkusleuten, sie haben vielleicht nicht gern, wenn man ihnen auf die Pelle rückt. Aber wir könnten doch den Elefanten und die anderen Tiere manchmal sehen, und wie die Hunde dressiert werden...«

»Und wir können mit Nobby Freundschaft schließen, nicht wahr?« fiel Anne eifrig ein. »Er war nett. Aber seinem Onkel wollen wir nicht zu nahe kommen.«

»Ich möchte zu gern wissen, woher Mutter die Wohnwagen bekommt«, meinte Julius. »Kinder, was für ein Spaß, wenn wir sie zum erstenmal sehen!«

»Kommt, wir wollen Dobby alles erzählen!« rief Anne. »Sie wird dann sicher auch ganz aufgeregt!«

»Meine Güte, bist du kindisch! Die versteht doch kein Wort von dem, was wir sprechen!« hielt ihr Georg entgegen. Aber auch sie schloß sich Anne an, und bald kannte Dobby den wunderbaren Plan in allen seinen Einzelheiten. Solange sie dabeisein konnte, war sie glücklich!

III

Die Wagen sind da!

Endlich nahte der große Tag, an dem die Wohnwagen ankommen sollten.

Mutter hatte sie von einem alten Bekannten geliehen. Die Kinder mußten fest versprechen, gut auf sie aufzupassen und nichts kaputt zu machen. Jetzt standen die fünf Freunde am Gartenzaun und guckten sich fast die Augen aus dem Kopf.

»Heutzutage zieht man sie meist mit Autos«, sagte Julius. »Aber sie sind auch noch für Pferdebetrieb eingerichtet. Ich bin gespannt, welche Farbe sie haben.«

»Ob sie wie Zigeunerwagen aussehen – so auf hohen Rädern?« fragte Anne. Julius schüttelte den Kopf.

»Quatsch, die sind ganz modern, wie die normalen Wohnwagen, aber nicht so groß, weil ein Pferd ja keinen zu schweren Wagen ziehen kann.«

»Sie kommen, sie kommen! Ich kann sie sehen!« rief da plötzlich Georg. »Seht, sind sie das nicht, ganz dort unten auf der Straße?«

Sie strengten ihre Augen an, aber alles, was sie sehen konnten, war ein Auto, das sich ganz weit entfernt auf der Landstraße bewegte.

»Georg hat recht«, bestätigte Julius nach einer Weile angestrengten Schauens. »Es sind unsere Wohnwagen. Jeder wird von einem Auto gezogen.«

»Einer ist rot und der andere grün«, sagte jetzt Anne.

»Ich möchte den roten. Kommt schon, kriecht doch nicht so!«

Die Kinder rannten ihnen entgegen. Die Wagen waren wirklich sehr hübsch, ganz modern, wie Julius behauptet hatte, kleine Häuser auf Rädern.

»Mir gefällt der rote, den möchte ich haben!«

Jeder Wagen hatte einen kleinen Schornstein, lange schmale Fenster auf beiden Seiten und ein winziges nach vorn zum Fahrersitz. Hinten befand sich eine breite Tür mit zwei Stufen. Vor den Fenstern hingen lustige Vorhänge.

»Rote Vorhänge für den grünen Wagen und grüne für den roten!« sagte Anne. Die von den Autos gezogenen Wagen fuhren an den Kindern vorüber, die hinterrannten und schrien:

»Mutti! Mutti! Sie sind da! Die Wagen sind da!«

Die Mutter eilte die Treppe hinunter. Schnell waren die Türen aufgeschlossen, und die Kinder stiegen ein. Entzückte Schreie von drinnen.

»Schlafkojen auf der einen Seite, schlafen wir da? Riesig!«

»Seht den kleinen Ausguß, wir können richtig spülen. Sieh doch, aus dem Wasserhahn fließt wirklich Wasser!«

»Hier ein Herd zum Kochen, aber ich bin dafür, wir kochen draußen am Lagerfeuer. Seht nur die blanken Bratpfannen und die Tassen und Untertassen, die da hängen!«

»Es sieht da drinnen wie in einem richtigen kleinen Haus aus. Mutti, das ist alles prima eingerichtet. Möchtest du nicht mitkommen?«

»He, ihr Mädel! Wißt ihr auch, wo das Wasser herkommt? Aus dem Behälter dort auf dem Dach. In ihm sammelt sich das Regenwasser. Und wenn's nicht regnet, muß dort Wasser eingefüllt werden.«

Lange Zeit verbrachten die Kinder damit, die Wohnwagen zu untersuchen und hinter ihre Geheimnisse zu kommen. Georg wollte am liebsten Dobby holen und aufbrechen.

»Und den zweiten Wagen sollen wir wohl selber ziehen, oder was?« sagte Julius. »Du weißt doch, wir brauchen noch ein zweites Pferd. Es kommt erst morgen.«

Das andere Pferd war ein stämmiger kleiner schwarzer Hengst, der Trotter hieß. Er gehörte dem Milchmann, der ihn hin und wieder auslieh. Trotter war ein sehr verständiges Pferd, die Kinder kannten ihn sehr gut und hatten ihn gern. Sie verstanden sich auch darauf, Pferde einzuspannen und mit ihnen umzugehen, so daß sich mit Dobby und Trotter keine Schwierigkeiten ergeben würden.

Auch Mutter war von den Wohnwagen begeistert und schaute sie sehnsüchtig an. »Wenn ich nicht mit Vati wegwollte, hätte ich wirklich gute Lust, mit euch zu fahren«, meinte sie. »Schau nicht so entsetzt, meine liebe Anne, ich fahr' schon nicht mit!«

»Wir haben Glück gehabt, daß wir so wunderschöne Wohnwagen bekommen haben«, sagte Julius. »Wir packen besser schon heute, meinst du nicht auch, Mutter, dann können wir morgen gleich in der Früh los.«

»Ihr braucht nicht großartig zu packen«, erwiderte seine Mutter. »Ihr müßt lediglich eure Sachen in die Schränke und Schubfächer stecken. Ihr braucht nur Anziehsachen, Bücher und ein paar Spiele für den Fall, daß es regnet.«

»Wir brauchen noch nicht einmal Anziehsachen«, meinte Georg, die am liebsten in kurzen Hosen und Pullover herumlief.

»So einfach geht es nun doch nicht«, widersprach die Mutter. »Ihr müßt mehrere Pullover, eine zweite Hose, falls ihr einmal naß werdet, Anoraks, Badesachen, Handtücher, ein weiteres Paar Schuhe, Schlafanzüge, Unterwäsche und ein paar wärmere Sachen mitnehmen.« Alle stöhnten.

»Was 'ne Menge!« jammerte Richard. »Dafür ist ja gar kein Platz da.«

»Oh, doch«, sagte die Mutter. »Ihr würdet es bestimmt bedauern, wenn ihr zuwenig zum Wechseln mithättet. Denkt an mich: Schließlich kann es ja auch einmal regnen oder kalt werden, dann erkältet ihr euch, und die ganzen Ferien sind im Eimer.«

»Los, holt die Sachen!« rief Richard. »Wenn Mutter erst anfängt, weiß man nie, was sie uns noch alles anhängt. Vielleicht noch Wintersachen.«

»Du Lauser, du«, sagte seine Mutter lächelnd. »Ja, geht jetzt und sucht alles zusammen! Ich helfe euch beim Verstauen in die Schränke und Fächer.«

»Ich werde alles sauberhalten«, sagte Anne. »Du weißt doch, wie gern ich Hausmütterchen *spiele.* Jetzt bin ich es in Wirklichkeit. Ich muß dann ganz allein zwei Wohnwagen in Ordnung halten.«

»Ganz allein?« fragte die Mutter. »Die Jungen helfen dir doch sicher. Und bestimmt auch Georg.«

»Nein, das mach' ich ganz allein! Ich will das machen! Die Jungen können die Pferde versorgen, Holz holen und Wasser und solche Sachen. Und Georg, na, die ist bestimmt nicht so wild aufs Haushalten, die macht so was nicht gern. Weißt du, wenn man nicht alles selber tut...«

»Na, nur gut, daß wenigstens du so vernünftig bist«, sagte ihre Mutter lachend. »Aber paß auf, Anne, sie werden schon alle ihren Anteil an der Arbeit übernehmen. Und du wirst auch mal von der Hausarbeit genug haben, glaub mir! Jetzt geht aber rauf und holt eure Sachen!«

Es bereitete schon Freude, die Sachen hinunter in die Wohnwagen zu tragen und zu verstauen. Da waren Wandbretter für Bücher und Spiele, darauf stellte Julius die Quartettspiele, Mensch-ärgere-dich-nicht, Domino, Halma, Dame und vier, fünf Bücher für jeden. Er brachte außerdem einige Landkarten, um ihren Reiseweg auszuarbeiten, weil er immer den besten Straßen folgen wollte.

Sein Vater hatte ihm noch ein nützliches kleines Buch gegeben, worin die Namen der Bauern verzeichnet standen, die es den Wohnwagenbesitzern gestatteten, auf ihren Feldern zu übernachten. »Wenn möglich, mußt du immer einen Rastplatz aussuchen, wo entweder ein See oder ein Bach ist«, hatte er hinzugefügt, »denn Dobby und Trotter brauchen Wasser.«

»Vergeßt nicht, jeden Wassertropfen, den ihr trinkt, vorher abzukochen«, sagte die Mutter. »Das ist sehr wichtig. Holt von den Bauern soviel Milch, wie sie euch geben können. Und denkt daran, daß in dem Fach unter dem zweiten Wagen Büchsen mit Fruchtsaft sind.«

»Das ist alles furchtbar aufregend«, sagte Anne und schaute in das Fach, in welches Julius den Fruchtsaft und einige Limonadeflaschen gestellt hatte. »Ich kann es noch gar nicht glauben, daß es morgen schon losgeht.«

Tim konnte die ganze Aufregung nicht recht verstehen, aber natürlich machte er mit und wedelte den ganzen Tag mit dem Schwanz. Er durchsuchte die Wagen gründlich von einem zum anderen Ende, fand einen kleinen Teppich, dessen Geruch ihm behagte, und legte sich darauf. »Das ist *mein* Plätzchen«, schien er damit zu sagen. »Wenn ihr in diesen seltsamen Wagen fortfahrt, dann ist das mein persönliches Plätzchen.«

»Wir nehmen den roten Wagen, Georg«, sagte Anne. »Die Jungen können den grünen haben. Die kümmern sich doch nicht um die Farbe, aber ich mag Rot gern. Findest du's nicht auch prima, in Kojen zu schlafen? Sie sehen richtig gemütlich aus!«

Endlich kam der nächste Tag, und der Milchmann brachte den stämmigen kleinen Hengst Trotter vor das Haus. Julius holte Dobby von der Weide. Die Tiere berochen einander, und Dobby wieherte freundlich.

»Sie scheinen sich auch gern zu haben«, sagte Anne. »Seht, wie sie sich beschnuppern! Trotter, du wirst meinen Wagen ziehen!«

Die beiden Pferde hielten brav still, während sie angeschirrt wurden. Dobby warf ein-, zweimal den Kopf in die Höhe, als warte sie ungeduldig auf die Abfahrt, und scharrte mit den Hufen.

»Ja, ja, Dobby, mir geht's wie dir«, meinte Anne. »Dir nicht auch, Richard?«

»Und ob«, erwiderte ihr Bruder lachend. »Hierher, Dobby, so ist's schön! Wer soll fahren? Julius, wollen wir uns ablösen?«

»Ich werde *unseren* Wagen lenken«, sagte Georg. »Anne kann das nicht gut. Fuhrwerke lenken ist Männersache.«

»Red keinen solchen Blödsinn!« rief Anne beleidigt. »Du bist auch kein Mann, noch nicht mal ein Junge.«

Georg blickte finster drein. Sie wollte immer ein Junge sein, Mädchen fand sie blöd. Aber auch Georg konnte an diesem aufregenden Morgen nicht lange böse bleiben. Bald lachte sie wieder und rief mit den anderen:

»Wir sind soweit! Auf, wir sind soweit!«

»Ja, jetzt aber los! *Julius*! Er ist reingegangen, der Blödmann, gerade, wo wir wegfahren wollen. Was macht er denn noch?«

»Er holt noch die Kuchen, die Mutti heute morgen für uns gebacken hat. Wir haben ja ganze Essensberge in der Speisekammer. Ich habe aber auch schon Hunger.«

»Da kommt Julius. Los, Julius! Sonst fahren wir ohne dich. Auf Wiedersehn, Mutter! Wir schicken jeden Tag eine Karte, das versprechen wir dir.«

Julius stieg vorn auf den grünen Wohnwagen. Er schnalzte. »Hü, Dobby! Es geht los! Wiedersehen, Mutter!«

Richard saß neben ihm und strahlte vor Glück über das ganze Gesicht. Der Wagen setzte sich in Bewegung. Georg zog an Trotters Zügeln, und der kleine Hengst folgte dem ersten Wagen. Anne saß neben Georg und winkte wild.

»Auf Wiedersehen, Mutter! Jetzt geht es in ein neues Abenteuer! Hurra!«

IV

Auf geht's!

Langsam rollten die Wohnwagen die lange Straße entlang. Julius war so glücklich, daß er in den höchsten Tönen sang, und die anderen fielen im Chor ein. Tim bellte aufgeregt. Er saß auf der einen Seite von Georg, und da sich Anne auf der anderen breitmachte, war Georg richtig eingeklemmt. Aber so unbedeutende Dinge störten sie an einem Tag wie diesem überhaupt nicht.

Dobby stampfte langsam dahin, genoß den Sonnenschein und den leichten Wind, der ihr durch die Mähne wehte. Trotter folgte in kurzer Entfernung. Er war sehr erstaunt über Timotheus und drehte immer den Kopf, wenn der Hund bellte oder ein Stück nebenher lief.

Es war schon schön, mit zwei Pferden und einem Hund zu reisen.

Julius hatte sich den Platz auf seiner Landkarte angekreuzt, wo er den See vermutete, an den die Zirkusleute hatten fahren wollen. Er glaubte fest, sich nicht geirrt zu haben, weil am Fuß der Berge im Tal ein See lag.

»Hier!« sagte er zu Richard und wies auf die Karte. »Das ist es – Hügelsee. Ich möchte wetten, daß wir dort irgendwo das Zirkuslager finden. Es wäre ein ausgezeichneter Platz für alle Tiere. Niemand, der sie stören könnte, viel Wasser für uns alle und wahrscheinlich Bauernhöfe, wo wir Milch und Eier bekommen können.«

»Wir müssen heute abend auch einen schönen Bauernhof

finden«, sagte Richard. »Einen, wo wir übernachten dürfen. Ein Glück, daß wir das Buch haben.«

Anne freute sich schon auf den Abend, wenn sie anhalten und lagern, eine Mahlzeit über dem Lagerfeuer brutzeln und dann in den kleinen Schlafnischen zu Bett gehen würden. Sie wußte nicht, was schöner war, mit den Wohnwagen durch das Land zu ziehen oder sich abends für die Nacht fertig zu machen. Schönere Ferien konnte es ja gar nicht geben. »Meinst du das nicht auch?« fragte sie Georg, während sie zusammen vorn auf dem Fahrersitz saßen und Tim, der neben dem Wagen herlief, ihnen etwas mehr Platz ließ. »Weißt du, all unsere anderen Ferien waren voller Abenteuer, schrecklich aufregend, das muß ich zugeben, aber jetzt will ich einmal ganz gewöhnliche Ferien haben, du nicht auch, einmal nicht so viel Aufregung.«

»Oh, ich bin immer für Abenteuer«, widersprach Georg, straffte die Zügel und ließ Trotter etwas schneller laufen. »Mir wäre ein neues gerade recht. Aber so ein Glück werden wir diesmal nicht haben, Anne!«

Eine Kirchturmuhr schlug halb eins. Mittagspause! Alle waren sehr hungrig. Dobby und Trotter verschwanden in einer Bodensenke, wo wunderbar saftiges Gras wuchs, und begannen friedlich zu grasen.

Die Kinder lagerten sich auf einem sonnigen Sandstück und aßen und tranken. Anne schaute Georg an. »Diese Ferien hast du so viele Sommersprossen wie noch nie, Georg.«

»Na und?« sagte Georg, die sich nie um ihr Äußeres kümmerte. »Gib mir lieber ein Brötchen, Anne. Oha, wenn wir jeden Tag so hungrig sind wie heute, müssen wir an jedem Bauernhof, wo wir vorbeikommen, Eier, Schinken, Butter und Milch kaufen.«

Dann brachen sie wieder auf. Jetzt hielt Richard die

Zügel, und Julius lief nebenher, um sich die Beine zu vertreten. Georg wollte noch weiter fahren. Anne aber fühlte sich zu müde, um neben ihr sitzen zu bleiben.

»Wenn ich die Augen zumache und einschlafe, falle ich vom Sitz«, meinte sie. »Ich gehe lieber in den Wagen und schlafe dort.«

Es war angenehm und dämmrig im Wohnwagen, denn sie hatte die Vorhänge vorgezogen, um das Innere kühl zu halten. Anne kroch in eine der Schlafnischen und legte sich hin. Der Wohnwagen rumpelte langsam weiter, und das kleine Mädchen schlief selig ein.

Julius schaute nach einer Weile hinein, als Georg kurz anhielt und lächelte. Timotheus kam und mußte natürlich auch seinen Kopf hineinstecken, aber Julius ließ ihn nicht in den Wagen, damit er Anne nicht aufweckte.

»Komm und lauf mit mir, Tim«, sagte er. »Du wirst zu dick. Etwas Sport tut dir ganz gut!«

»Er wird nicht dick!« rief Georg entrüstet. »Er hat eine sehr gute Figur. Hör nicht auf ihn, Tim!«

»Wau!« erwiderte der Hund und trottete hinter Julius her.

Die beiden Wagen legten noch eine beträchtliche Entfernung an diesem Tag zurück, wenn sie auch nur recht langsam vorankamen. Julius verfuhr sich kein einziges Mal. Er verstand sich aufs Kartenlesen. Anne war enttäuscht, daß sie gegen Abend noch immer nicht die Hügel sehen konnten, auf die sie zufuhren. »Haben wir uns wirklich nicht verfahren? Wie viele Kilometer sind es noch bis dorthin?«

»Du bist vielleicht ein Witzbold«, klärte Julius sie auf, »wir sind frühestens in vier, fünf Tagen dort. Jetzt schaut euch aber einmal nach einem Bauernhof um, Leute. Es muß ganz in der Nähe einer sein.«

»Da ist er ja!« rief Georg nach wenigen Minuten. Sie deutete auf ein Gebäude mit rotem Ziegeldach, das, umgeben

von Schuppen und Scheunen, im Abendsonnenschein stand. Hühner liefen herum, und zwei Hunde bewachten sie.

»Ja, das ist er«, sagte Julius nach einem Blick auf die Karte. »Gut Langmann. In der Nähe muß ein Bach sein. Richtig, da ist er ja auch, dort drüben am Feld! Es wäre schön, wenn wir hier übernachten dürften.«

Julius ging auf den Hof, um den Bauern zu suchen, und

Anne begleitete ihn, weil sie nach Eiern fragen wollte. Der Bauer war nicht da; aber seine Frau erlaubte ihnen, die Nacht auf der Wiese am Fluß zu verbringen. »Ich weiß, ihr laßt keine Abfälle herumliegen und macht auch keine Jagd auf unsere Hühner, oder?« sagte sie. »Und was willst du, mein kleines Fräulein, frische Eier? Natürlich kannst du welche haben. Ihr könnt euch auch die reifen Pflaumen von dem Baum dort pflücken, damit ihr etwas zum Abendessen habt!«

Schinken war noch in der Speisekammer ihrer Wohnwagen, und Anne sagte, sie wolle für jeden ein Ei backen. Sie war stolz auf ihre Kochkünste. Sie hatte in den letzten Tagen bei ihrer Mutter Unterricht genommen und wollte nun den anderen zeigen, was sie gelernt hatte.

Julius meinte, es sei zu heiß, um im Wagen zu kochen, und baute eine schöne Feuerstelle im Freien. Richard schirrte die beiden Pferde aus, die sogleich zum Bach liefen und knietief hineinwateten. Trotter beschnupperte Dobby und dann auch Timotheus, der beim Saufen neben ihm stand.

»Mmm, der Schinken duftet!« rief Anne Georg zu, die Teller aus dem Wagen holte. »Bring auch gleich Limo mit! Ich bin furchtbar durstig. Paßt mal alle auf, wie ich die Eier hier am Tassenrand aufschlage, ich kann den Dotter und Eiweiß trennen und die Eier richtig backen.«

Krach – das Ei zerbrach an der Tasse, aber unglücklicherweise fiel sein Inhalt nach außen statt nach innen. Anne wurde ganz rot, als alle vor Lachen brüllten.

Tim erschien und leckte die Bescherung auf. In solchen Fällen war er immer nützlich. »Du wärst ein guter Kehrichteimer geworden, Tim«, lobte Anne. »Hier ist auch etwas Speckschwarte. Fang!«

Anne bereitete die Eier und den Schinken wirklich gut zu. Alle bewunderten sie, sie aßen ihre Teller ganz leer und wischten sie sogar mit einem Stück Brot aus.

»Meint ihr, Tim möchte seine Hundekuchen lieber gebakken?« fragte plötzlich Anne.

»Spinnst du?« fuhr Georg sie an. »Damit ihm schlecht wird?«

»Woher weißt du das?« fragte Anne.

»Ich kenne Tim, ich weiß, was er mag und was nicht«, sagte Georg. »Und Hundekuchen frißt er gebacken bestimmt nicht gern. Gib mir die Pflaumen, Richard. Sie sehen prima aus.«

Noch lange saßen sie um das kleine Lagerfeuer herum, bis Julius schließlich mahnte, es sei Zeit zum Schlafengehen. Niemand hatte etwas dagegen einzuwenden, denn sie freuten sich alle auf die bequemen kleinen Nischen.

»Soll ich das Geschirr am Bach spülen oder in dem kleinen Ausguß?« fragte Anne.

»Im Bach kannst du mehr Wasser verschwenden«, sagte Julius. »Aber beeil dich, ich will dann eure Wagentür verschließen, damit euch keiner stiehlt.«

»Unsere Tür zuschließen?« fragte Georg entrüstet. »Das läßt du gefälligst. *Mich* schließt niemand ein! Vielleicht hab' ich Lust im Mondschein spazierenzugehen. Und möglicherweise ist dir ja entgangen, daß wir kein Klo im Wagen haben, du Schlaumeier.«

»Und wenn nun ein Landstreicher...«, begann Julius. Georg unterbrach ihn verächtlich. »Und Tim...? Ich will nicht eingeschlossen werden, Julius! Tim ist mehr wert als eine verschlossene Tür.«

»Das schon«, gab Julius zu. »Also gut, Georg«, lenkte er ein, »schau nicht so böse. Wandle meinetwegen die ganze Nacht im Mondschein herum, wenn es dir Spaß macht. Ich fürchte nur, diese Nacht scheint er nicht. Kinder, bin ich müde!« Nachdem sie sich am Bach gewaschen hatten, kletterten sie in ihre Wagen. Sie zogen sich aus und schlüpften in die einladenden Schlafnischen.

Anne wollte zunächst in der unteren Nische schlafen, aber Tim versuchte immer wieder, zu Georg hinaufzuklettern. Er war es gewohnt, auf ihren Füßen zu schlafen. Anne wurde ärgerlich.

»Georg! Ich glaube, wir tauschen besser die Plätze. Immer wieder springt Tim auf mir rum, um in dein Bett zu kommen. Ich kann ja gar nicht einschlafen!«

So zogen sie um, und Timotheus legte sich zufrieden am unteren Ende der Schlafnische auf das zurückgeworfene Deckbett.

Eulen schrien, und Tim knurrte leise. Sonst war alles so still, daß man das Gluckern des Bachs hören konnte. Anne merkte, wie ihr die Augen zufielen.

Plötzlich aber riß sie etwas mit einem Ruck aus dem Schlaf. Tim bellte so laut, daß Anne und Georg vor Schreck fast aus den Betten gefallen wären. Irgend etwas schlug heftig gegen den Wagen, so daß er schwankte und erzitterte. Versuchte also doch jemand einzubrechen?

Der Hund sprang aus dem Bett und rannte zur Tür, die Georg wegen der Hitze einen Spalt offengelassen hatte. Dann hörten sie die Stimmen von Richard und Julius.

»Was ist denn los? Ist bei euch alles in Ordnung? Wir kommen!« Und schon stürmten die beiden in ihren Schlafanzügen über den feuchten Rasen. Julius stieß gegen etwas Hartes, Warmes. Er schrie auf.

Richard schaltete seine Taschenlampe an und – brüllte vor Lachen. »Du bist geradewegs in Dobby hineingerannt. Sieh nur, wie sie dich anstarrt! Sie muß um unseren Wagen herumgestromert sein und ist dabei immer wieder dagegengestoßen. Alles in Ordnung, ihr Mädchen.«

So legten sich alle wieder schlafen, und diesmal schliefen sie durch bis zum Morgen und rührten sich auch dann nicht, wenn Trotter vor dem Wagen schnaubte und leise wieherte.

V

Zum Hügelsee

Die nächsten, drei, vier Tage klappte alles nach Wunsch. Blauer Himmel, strahlende Sonne, Bäche zum Paddeln oder Schwimmen und zwei Häuschen auf Rädern, die rumpelnd kilometerweit über unbekannte Straßen zogen. Was konnte es für vier Kinder Schöneres geben?

Auch Timotheus schien alles ausgezeichnet zu gefallen; er hatte jetzt auch schon dicke Freundschaft mit dem kleinen schwarzen Pferd geschlossen. Trotter freute sich immer, wenn Tim neben ihm herlief, und wieherte leise, wenn er ihn sehen wollte. Auch die beiden Pferde verstanden sich sehr gut, und wenn sie abends ausgeschirrt wurden, gingen sie zusammen in den Fluß, standen dort Seite an Seite im Wasser und beschnupperten sich zufrieden.

»Diese Ferien sind schöner als alle anderen«, sagte Anne, die gerade eifrig am Kochen war. »Sie sind schön, aber nicht aufregend. Und wenn sich Julius auch einbildet, er hätte die Verantwortung, in Wirklichkeit habe *ich* sie! Denn sonst wären eure Betten nie gemacht, zu essen hättet ihr auch nichts, und ob sich die Wagen von selber putzten, weiß ich auch nicht...«

»Gib nicht so an!« unterbrach Georg sie. »Warum soll ich dauernd mein Bett machen, es sieht ja niemand. Schließlich haben wir Ferien. Und du bist ja ganz wild aufs Aufräumen.«

»Bin ich nicht«, meinte Anne gekränkt. »Ich sage nur die

Wahrheit. Und es macht mir Spaß, für zwei Häuser auf Rädern zu sorgen. Ein bißchen Hilfe könnte allerdings nichts schaden.«

»Du bist wirklich eine sehr gute kleine Hausfrau«, lobte Julius. »Ohne dich wären wir wahrscheinlich aufgeschmissen!«

Anne wurde vor Stolz ganz rot. Sie nahm die Pfanne vom Lagerfeuer und verteilte ihren Inhalt auf vier Teller. »Kommt her!« rief sie mit einer Stimme wie Mutter. »Eßt, solange alles noch warm ist!«

»Vielen Dank, ich esse aber lieber erst, wenn es kalt ist«, sagte Georg. »Übrigens, ich finde, es ist kühler geworden, nicht nur weil es Abend ist.«

Vier Tage waren sie schon unterwegs. Anne hatte es aufgegeben, die Hügel zu suchen, wo die Zirkusleute ihr Lager aufgeschlagen haben mußten. Ja, sie hoffte sogar im geheimen, sie würden sie nie finden, denn es war doch zu schön, tagelang allein durch die Gegend zu fahren.

Timotheus kam, um die Teller abzulecken. Das war den Kindern nur recht, denn es erleichterte das Spülen. Anne und Georg schafften das Geschirr an einen kleinen Bach zum Abwaschen, und Julius nahm sich eine Landkarte vor.

Er beugte sich mit Richard darüber. »Jetzt sind wir ungefähr hier«, sagte Julius und deutete auf einen Punkt der Karte. »Wenn es stimmt, müßten wir morgen die Hügel am See erreichen, wo die Zirkusleute ihr Lager aufgeschlagen haben.«

»Fein«, meinte Richard. »Hoffentlich ist Nobby da. Er zeigt uns bestimmt gern alles. Vielleicht kennt er auch einen schönen Platz, wo wir unsere Wagen hinstellen können.«

»Oh, den finden wir auch selbst«, erwiderte Julius, dessen Stolz es war, immer ausgezeichnete Lagerplätze gefunden zu haben. »Auf jeden Fall möchte ich nicht zu nah am Zirkus sein. Dort stinkt's bestimmt nach den wilden Tieren, und die Zirkusleute wollen sicher unter sich sein, damit sie besser üben können. Lieber möchte ich noch höher hinauf. Wir werden uns einen Platz mit schöner Aussicht suchen.«

»Einverstanden«, sagte Richard, und Julius legte die Karte zusammen. Die beiden Mädchen kamen mit dem sauberen Geschirr zurück, und Anne räumte es wieder ordentlich in die Wagen. Trotter ging Tim besuchen, der hechelnd unter Georgs Wagen lag.

Der Hund aber rührte sich nicht, und deshalb versuchte Trotter unter den Wagen zu kriechen. Das ging natürlich nicht, denn dafür war er viel zu groß. So stellte er sich in den Schatten daneben und steckte ab und zu seine Nase in Tims Fell, um ihn zu beschnuppern.

»Trotter ist schon ein komischer Kerl«, sagte Richard. »Der würde gut in einen Zirkus passen. Habt ihr gesehen, wie er gestern Tim gejagt hat, gerade als wollte er Fangen spielen.«

Von Tim und Trotter kamen die Kinder auf die Zirkustiere zu sprechen.

»Der Elefant hat mir am besten gefallen«, meinte Georg. »Wie er wohl heißt? Aber ein Affe macht auch viel Spaß!«

»Ich wette, der Schimpanse ist sehr klug«, sagte Richard. »Ich bin ja mal gespannt, was Tim mit ihm anstellt. Hoffentlich kommt er mit all den Tieren dort zurecht, vor allen Dingen mit den anderen Hunden.«

»Und hoffentlich sehen wir Nobbys Onkel nicht sooft«, meinte Anne. »Einen Clown hab' ich mir wirklich anders vorgestellt.«

»Immer kann er ja auch nicht rumblödeln«, sagte Julius. »Wir werden ihm aber möglichst aus dem Weg gehen.«

»Tim, komm unter dem Wagen vor!« rief Georg. »Hier ist es auch schattig und kühl. Los!«

Er kam schnaufend an. Sofort lief Trotter ihm nach. Das kleine Pferd stellte sich wieder neben Timotheus und beschnupperte ihn. Tim leckte ihm die Nase und wandte sich dann mit gelangweiltem Blick ab.

»Ist Trotter nicht lustig?« rief Anne. »Tim, wie werden dir wohl die Zirkustiere gefallen?«

Am nächsten Tag hielten sie alle Ausschau, während die Wagen langsam über die Landstraße rumpelten. Und am Nachmittag sahen sie die Umrisse der Hügelkette in der Ferne.

»Da sind sie!« rief Julius. »Das müssen sie sein, und irgendwo davor muß der Hügelsee liegen. Ich hoffe, die Pferde schaffen es, die Wagen noch ein Stück bergauf zu ziehen. Dann hätten wir einen super Blick über den ganzen See.«

Das Ziel rückte immer näher. Die Hügel waren recht hoch und im Licht der untergehenden Sonne konnte man erkennen, daß mehrere Hügelketten hintereinander gestaffelt waren. Julius sah auf die Uhr.

»Tut mir leid, aber heute kommen wir nicht mehr hinauf«, sagte er. »Wir schlagen besser hier irgendwo unser Lager auf und gehen's dann morgen mit frischen Kräften an.«

»Zu Befehl, Chef!« sagte Richard. »Nach unserem Buch müßte zwei Kilometer entfernt ein Bauernhof liegen. Dort können wir übernachten.«

Bald erreichten sie den Hof, der am Ufer eines breiten, schnellfließenden Flusses lag. Wie immer ging Julius hinein, um sich die Erlaubnis zum Lagern zu holen. Richard begleitete ihn, und die Mädchen blieben zurück, um das Essen vorzubereiten.

Sie erhielten die Genehmigung, und die dicke gutmütige Bäuerin verkaufte ihnen Eier, Schinken, Milch und Butter und eine große Schüssel Sahne.

»Vielen Dank«, sagte Julius. »Können Sie mir sagen, ob hier in den Hügeln ein Zirkus lagert, irgendwo am See?«

»Ja, vor ungefähr einer Woche ist er hier vorbeigezogen. Sie ruhen sich hier jeden Sommer eine Zeitlang aus. Einmal haben sie sogar Löwen dabei gehabt. In der Nacht hab' ich sie brüllen hören, so richtig zum Fürchten.«

»Ja, es sieht tatsächlich so aus, als kämen wir schon morgen an das Zirkuslager«, meinte Julius, als sie zu den Wohnwagen zurückkehrten. »Ich freue mich schon darauf, dort oben in den Hügeln zu lagern. Dort ist es bestimmt auch kühler.«

Am nächsten Morgen setzten sich die Wagen zum letzten Abschnitt ihrer Reise an den Hügelsee in Bewegung. Dort wollten sie dann bleiben, bis die Ferien dem Ende zugingen.

Julius hatte immer daran gedacht, den Eltern täglich eine Postkarte zu schicken. Er hatte sich von der Bäuerin die Anschrift des nächsten Postamts geben lassen und wollte dort dann immer die Post der Eltern abholen.

Dobby und Trotter trabten brav die schmale Landstraße entlang, welche auf die Hügel zuführte. Plötzlich sah Georg etwas blau zwischen den Bäumen aufblinken.

»Schaut! Da ist der See! Der Hügelsee!« rief sie. »Laß Dobby schneller laufen, Ju! Ich möchte den See ganz sehen!«

Bald hörte die Landstraße auf und ging in einen ausgefahrenen Feldweg über, der durch Heideland führte. Das Gelände fiel sanft ab bis zum Ufer eines großen Sees, der glitzernd im Sonnenschein lag.

»Ich hab's ja gesagt! Der ideale See zum Ferienmachen!« sagte Richard, der Dobby mit einem kräftigen Ruck halten ließ. »Kommt mit runter ans Ufer! Los, ihr Mädchen!«

»Puh, ist mir heiß, ich klebe richtig«, stöhnte Anne und sprang vom Führersitz des roten Wagens. »Los, nichts wie rein ins Wasser!«

Eilig verschwanden sie in den Wohnwagen und schlüpften in ihre Badesachen. Dann rannten sie ans Seeufer und stürzten sich in die blaue Flut.

Am Rande war das Wasser recht warm, aber weiter vom Ufer entfernt, wo der See tiefer wurde, war es erfrischend und kühl. Alle Kinder konnten ausgezeichnet schwimmen. Sie tauchten und bespritzten einander und hatten einen Mordsspaß.

Dann legten sie sich zum Trocknen in den warmen Ufersand, und wenn ihnen zu heiß wurde, sprangen sie wieder ins Wasser.

»Das wird toll, wenn wir hier jeden Tag baden!« prustete Richard. »Weg, Tim, wenn ich gerade auf dem Rücken schwimme. Schau, Georg, Tim macht das Schwimmen genausoviel Spaß!«

»Ich glaub', Trotter und Dobby wollen auch ins Wasser!« rief Julius. »Wenn wir nichts unternehmen, gehen sie mitsamt unseren Wagen baden.«

Sie beschlossen, am Seeufer ein Picknick zu machen und die Pferde auszuschirren, damit auch sie baden konnten. Die wollten aber nur im knietiefen Wasser stehen und mit den Schwänzen die Fliegen vertreiben, die sie den ganzen Tag ärgerten.

»Wo ist eigentlich das Zirkuslager?« fragte Georg, während sie an einer Schinkensemmel kaute. »Ich kann es nicht sehen.«

Die Kinder suchten mit den Augen das ganze Seeufer ab, soweit sie es übersehen konnten. Schließlich entdeckten Georgs scharfe Augen eine kleine Rauchsäule, die sich in einer Entfernung von etwa einem Kilometer in die Luft kräuselte.

»Das Lager muß in einer Senke dort drüben liegen«, sagte sie. »Wahrscheinlich führt der Weg dorthin. Wir fahren einfach mal los und schauen, daß wir noch ein bißchen höher hinaufkommen, okay?«

»Ja«, pflichtete ihr Julius bei. »Wir haben dann Zeit genug, bei Nobby vorbeizuschauen und noch vor Einbruch der Nacht einen guten Lagerplatz zu finden und außerdem einen Bauernhof, wo wir noch was zum Essen kaufen können. Nobby wird Augen machen, wenn er uns sieht!«

Sie räumten alles zusammen, spannten die Pferde wieder an, und auf ging's in Richtung Zirkuslager.

VI

Der Zirkus und Nobby

Es dauerte nicht sehr lange, bis sie den Zirkus sehen konnten. Wie Georg vermutet hatte, lag das Lager in einer kleinen Mulde am Fuße der Hügel. Der Platz war so weit von jeder Niederlassung entfernt, daß die Tiere ein gehöriges Maß Freiheit genießen konnten.

Die Wohnwagen bildeten einen großen Kreis. Hier und da war ein Zelt aufgeschlagen. Den Elefanten hatte man mit einem starken Tau an einen dicken Baum gebunden. Überall rannten Hunde umher, und eine Gruppe glänzend gestriegelter Pferde wurde gerade auf einer nahe gelegenen Wiese dressiert.

»Da sind sie!« rief Anne aufgeregt und stellte sich auf den Fahrersitz, um besser sehen zu können. »Du meine Güte, der Schimpanse läuft ja frei rum! Nein, doch nicht, irgend jemand hat ihn an einem Seil. Das ist doch Nobby!«

»Ja, tatsächlich. Das muß Spaß machen, so mit einem Schimpansen spazierenzugehen«, meinte Julius. »Schaut, der Bursche hat kleine weiße Fußballhöschen an. Ich wette, sie richten ihn für die Manege ab.«

Die Kinder bestaunten alles, während sich ihre Wagen dem Zirkuslager näherten. Nur ein paar Leute waren im Lager zu sehen. Nobby mit dem Schimpansen und zwei Frauen, die an kleinen Feuerstellen kochten.

Die Zirkushunde bellten wie verrückt, als sich der rote und der grüne Wagen näherten. Zwei Männer kamen aus den Zelten. Sie deuteten auf die Wohnwagen der Kinder und schienen sehr erstaunt zu sein.

Nobby, der den Schimpansen an der Hand hielt, kam näher und musterte neugierig die Wohnwagen. Julius rief ihm zu:

»He, Nobby! Da staunst du, was?«

Nobby war verwundert, seinen Namen zu hören. Zunächst schien er sich an nichts erinnern zu können. Dann aber stieß er einen Schrei aus.

»Hallo, Leute, ihr seid doch die von neulich an der Straße, oder? Was macht *ihr* denn hier?«

Tim knurrte drohend, und Georg rief Nobby zu: »Er hat noch nie einen Schimpansen gesehen. Ob sie sich verstehen werden?«

»Weiß nicht«, antwortete Nobby zweifelnd. »Der alte Pongo kommt mit den Zirkushunden prima aus. Aber laßt euren Hund auf keinen Fall auf Pongo losgehen, der würde ihn bei lebendigem Leib zerreißen. So ein Schimpanse ist irrsinnig stark.«

»Kann ich nicht mit Pongo Freundschaft schließen?« fragte Georg. »Wenn ich ihm die Hand geben könnte oder so etwas, daß Tim sieht, wir sind Freunde, dann wäre alles in Ordnung. Ist das möglich?«

»Na klar!« sagte Nobby. »Er ist der gutmütigste Schimpanse, der jemals gelebt hat, stimmt's Pongo? Komm, gib Pfötchen!«

Anne hatte keine große Lust, dem Schimpansen näher zu kommen; Georg aber fürchtete sich nicht. Sie ging auf das große Tier zu und streckte ihm die Hand entgegen. Der Schimpanse ergriff sie sofort und führte sie zum Mund, als wolle er sie küssen.

Georg lachte. »Du bist mir vielleicht ein Kavalier!« sagte sie. »Tim, das hier ist unser Freund Pongo. Der liebe Pongo, der gute Pongo!«

Sie klopfte Pongo auf die Schulter, um dem Hund zu zeigen, daß sie den Schimpansen gern hatte, und sofort tätschelte Pongo auch ihre Schulter und zeigte seine Zähne, was aussah, als würde er grinsen. Dann klopfte er Georg auf den Kopf und zog sie an den Locken.

Tim wedelte ein wenig mit dem Schwanz. Trotz allem sah er noch sehr mißtrauisch aus. Was war das für ein seltsames Wesen, das seine Herrin so gut leiden konnte? Er ging einen Schritt auf Pongo zu und legte den Kopf schief.

»Komm, Tim, sag Pongo guten Tag!« rief Georg. »So mußt du das machen!« Und wieder schüttelte sie dem Schimpansen die Hand. Diesmal wollte er ihre Hand gar nicht mehr loslassen, sondern schwenkte ihren Arm wie einen Pumpenschwengel auf und ab.

»Er läßt nicht mehr los«, klagte Georg.

»Es reicht jetzt«, ermahnte Nobby ihn scharf. Sofort gab Pongo Georgs Hand frei und bedeckte sein Gesicht mit seiner haarigen Pfote, als sei er sehr beschämt. Die Kinder aber beobachteten, daß er dabei mit listigen Augen durch die Finger lugte.

»Mich laust der Affe, kann ich da nur sagen!« sagte Georg lachend.

»Das ist ein Menschenaffe«, erklärte Nobby. »Da, jetzt will euer Hund auch Freundschaft schließen. Ich werd' verrückt, sie schütteln sich ja die Pfoten!«

Tatsächlich! Nachdem sich der Hund zu der Ansicht durchgerungen hatte, Pongo müsse ein Freund sein, streckte er seine rechte Pfote aus, um diesen eigenartigen Freund anzustupsen und vielleicht zum Spielen aufzufordern. Pongo griff danach und schüttelte sie heftig. Dann lief er um Tim herum und schüttelte ebenso herzlich seinen Schwanz. Der Hund wußte gar nicht mehr, was er von alledem halten sollte.

Die Kinder brüllten vor Lachen, und Tim setzte sich zur

Sicherheit auf seinen Schwanz. Aber er stand sofort wieder auf, denn Beller und Knurrer fegten heran. Tim wedelte mit dem Schwanz, denn er hatte sie gleich wiedererkannt und sie ihn auch.

»Na, seht ihr, *die* schließen gleich Freundschaft«, sagte Nobby erfreut. »Sie werden Tim all den anderen Hunden vorstellen, und dann gibt's keinen Ärger. Hallo, paß auf Pongo auf!«

Der Schimpanse hatte sich hinter Julius geschlichen und die Hand heimlich in seine Hosentasche gesteckt. Nobby ging zu ihm und schlug ihm kräftig auf die Pfoten.

»Du Taschendieb!«

Die Kinder mußten wieder lachen, als der Schimpanse sein Gesicht mit den Pfoten verdeckte und so tat, als schäme er sich.

»Ihr müßt höllisch aufpassen, wenn Pongo in der Nähe ist«, mahnte Nobby. »Er klaut nun mal gern Sachen aus den Taschen fremder Leute. Sind das eure Wohnwagen?«

»Wir haben sie uns geliehen«, erklärte Richard. »Als wir nämlich neulich euren Zirkus gesehen haben, hat uns das auf die Idee gebracht, unsere Ferien im Wohnwagen zu verbringen.«

»Und weil du uns erzählt hast, wo ihr hinzieht, wollten wir euch nachreisen und uns von dir das Lager zeigen lassen«, fügte Julius hinzu. »Hast du was dagegen?«

»Nein, gar nicht«, sagte Nobby und bekam einen roten Kopf. »Ich hab' selten Freunde, weil wir immer nach 'n paar Tagen weiterziehen. Ich führe euch gern rum, und ihr könnt Bekanntschaft mit allen unseren Tieren schließen.«

»Toll«, sagten alle wie aus einem Munde. »Du bist okay«, meinte Richard. »Schaut euch doch nur den Schimpansen an, der will Tim schon wieder am Schwanz ziehen! Der tritt doch bestimmt auch mit euch auf, oder?«

»Ja, er ist eine ganz tolle Nummer«, bestätigte Nobby.

»Die Leute kugeln sich vor Lachen. Ihr müßtet ihn zusammen mit meinem Onkel Dan auftreten sehen. Ihr wißt ja, er ist der Oberclown im Zirkus. Aber Pongo ist als Spaßmacher genausogut. Die beiden sind wirklich einsame Spitze.«

»Mensch, das wäre was für uns!« rief Anne. »Eine richtige Vorstellung! Überhaupt – hat dein Onkel was dagegen, wenn du uns die Tiere zeigst?«

»Keine Ahnung«, sagte Nobby. »Ich frag' ihn einfach nicht. Ihr dürft ihm bloß nicht auf den Wecker fallen. Wenn er seine Launen hat, tobt er rum wie 'n Irrer. Wegen seiner Wutanfälle nennen sie ihn hier Tiger Dan.«

Anne wollte das gar nicht gefallen – Tiger Dan! Das klang so bösartig und wild.

»Er ist hoffentlich nicht gerade in der Nähe?« fragte sie und schaute sich ängstlich um.

»Nein. Er ist irgendwohin gegangen«, erwiderte Nobby. »Er ist ein Eigenbrötler und hat nicht viele Freunde im Zirkus, außer Lou, dem Akrobaten. Das da drüben ist er.«

Lou war ein hochgewachsener, lässig gekleideter Bursche mit einem mißmutigen Gesicht und einer dichten, schwarz gelockten Haarmähne. Er saß auf den Stufen vor einem Wohnwagen, rauchte Pfeife und las Zeitung. Die Kinder beschlossen, sowenig wie möglich mit Lou und Tiger Dan zusammenzukommen.

»Ist er ein guter Akrobat?« fragte Anne leise, obwohl Lou so weit weg war, daß sie ruhig hätte laut sprechen können.

»Und ob! Ganz große Klasse«, sagte Nobby voller Bewunderung. »Er kann überall hinaufklettern, wie ein Affe könnte er diesen Baum hinauf, und ich habe ihn wie eine Katze an der Regenrinne von einem großen Haus hinaufklettern sehen. Und auf dem Hochseil solltet ihr ihn erst sehen! Er kann darauf tanzen!«

Die Kinder starrten ehrfürchtig zu Lou hinüber. Er

spürte ihre Blicke, schaute auf und runzelte die Stirn. Und wenn schon, dachte Julius, mag er der beste Akrobat der Welt sein – trotzdem ist er ein widerlicher Kerl.

Lou stand auf und streckte seinen schlanken Körper wie eine Katze. Er bewegte sich leise und federnd. Er ging auf Nobby zu, immer noch mit ärgerlich gerunzelter Stirn.

»Was is' 'n hier los?« fragte er. »Was lungern die hier rum?«

»Wir lungern hier nicht herum«, erwiderte Julius höflich. »Wir besuchen Nobby. Wir kennen ihn von früher her.«

Lou sah Julius an. »Eure Wohnwagen?« fragte er und deutete mit einer Kopfbewegung darauf.

»Ja«, sagte Julius.

»Stinkreiche Bande, he?« fragte Lou verächtlich.

»Nicht besonders«, entgegnete Julius, noch immer höflich.

»Erwachsene bei euch?« fragte Lou weiter.

»Nein. Wir können auf uns selber aufpassen. Außerdem haben wir einen Hund, der Leute beißt, die er nicht leiden kann.«

Es war offensichtlich, daß Tim Lou nicht leiden konnte. Denn er stand in dessen Nähe und hatte das Fell auf dem Rücken drohend gesträubt. Lou trat nach ihm.

Georg konnte ihn gerade noch rechtzeitig am Halsband erwischen. »Platz, Tim, Platz!« rief sie. Dann wandte sie sich mit sprühenden Augen an Lou.

»Sagen Sie mal, was fällt Ihnen ein? Noch einmal, wenn Sie meinen Hund treten, dann können Sie was erleben! Sie sind wohl nicht ganz dicht?«

Lou spuckte verächtlich auf den Boden und wandte sich zum Gehen.

»Macht, daß ihr wegkommt«, sagte er. »Haut ab, aber schleunigst! Und mit euerm Köter mach' ich kurzen Prozeß! Ich weiß, wie man mit bösen Hunden umgeht.«

»Wie meinen Sie das?« schrie Georg, noch immer voller Zorn. Aber Lou gab sich nicht die Mühe zu antworten. Er stieg die Stufen seines Wagens hinauf und knallte die Tür ins Schloß. Tim bellte wütend und riß an seinem Halsband, das Georg noch immer festhielt.

»Jetzt ist alles aus!« sagte Nobby unglücklich. »Wenn Lou euch hier irgendwo erwischt, schmeißt er euch raus.

Und auf euren Hund müßt ihr auch aufpassen, sonst ist er eines Tages verschwunden.«

Georg war stinkwütend. »Verschwunden! Was meinst du damit? Wenn du glaubst, Tim würde sich von irgend jemand stehlen lassen, dann hast du dich geirrt.«

»Schon gut, schon gut. Ich hab' dich nur gewarnt. Mich brauchst du deswegen nicht anzufauchen«, sagte Nobby. »He, Leute, mein Schimpanse ist in einem von euren Wagen!«

Alle stürzten zu dem grünen Wagen. Drinnen war Pongo und bediente sich großzügig aus einer Schachtel mit Süßigkeiten. Sobald er die Kinder sah, stöhnte er und legte die Hände vors Gesicht – lutschte aber eifrig weiter seine Bonbons.

»Pongo! Bösewicht! Komm her!« schimpfte Nobby. »Sag mal, darfst du das? Gleich wirst du bestraft!«

»Ach, laß ihn doch«, bettelte Anne. »Er ist ein Schlingel, aber ich mag ihn. Wir haben doch so viele Süßigkeiten. Willst du auch was, Nobby?«

»Klar, danke«, sagte Nobby und griff zu. Er strahlte alle an. »Ihr seid prima Freunde, echt Klasse«, meinte er. »Stimmt's, Pongo?«

VII

Ein nächtlicher Besuch

Nachdem Lou so ekelhaft gewesen war, hatte keiner mehr rechte Lust, sich das Lager anzusehen. Statt dessen führten die Kinder den staunenden Nobby, der natürlich von Pongo begleitet wurde, in ihre beiden Wohnwagen.

»Kinder, Kinder«, sagte er, »die sind aber super eingerichtet! Wenn ihr am Wasserhahn dreht, kommt das Wasser aus dem Tank, oder? Darf ich mal?«

Er drehte die Hähne ein paarmal auf und zu und begutachtete die praktische Einrichtung. »In einigen von unseren Wagen haben wir auch Wassertanks, in den neueren Modellen«, erzählte er. Er klopfte auf die Betten, um zu sehen, wie weich sie waren. »Richtig gemütlich habt ihr's hier«, sagte er. Die Kinder fanden ihn sehr nett. Und auch Beller und Knurrer schienen besonders nette Hunde zu sein, die ihren Namen wirklich keine Ehre machten. Sie folgten aufs Wort und schnüffelten äußerst interessiert in allen Ecken herum.

Pongo wollte natürlich auch an den Wasserhähnen spielen und riß die Decken von den Betten, um zu sehen, was darunter war. Dann nahm er den Kessel vom Herd, klemmte die Öffnung zwischen seine dicken Lippen und trank ihn ganz leer – nicht gerade sehr geräuschlos.

»Wo bleibt denn deine Erziehung, Pongo!« rief Nobby mit gespielter Entrüstung und riß ihm den Kessel aus den Pfoten. Anne schüttelte sich vor Lachen. Sie hatte überhaupt keine Angst mehr vor ihm, und auch er schien eine besondere Zuneigung zu ihr zu haben. Ständig lief er hinter ihr her, streichelte sie übers Haar und stieß zutrauliche Laute aus.

»Willst du zum Teetrinken hierbleiben?« fragte Julius und sah auf die Uhr. »Es ist nämlich Zeit.«

»Na, so regelmäßig trinke ich nicht Tee«, meinte Nobby. »Ja, wenn's euch nichts ausmacht, bleibe ich. Gegen was zu essen ist ja nie was einzuwenden. Danke, ihr gefallt mir, ehrlich.«

»Wir freuen uns, wenn du bleibst«, sagte Anne erfreut. »Es gibt aber nur belegte Brote. Ißt du gern Schinken?«

»Na, und ob!« rief Nobby. »Pongo aber auch. Laßt ihn nur nicht zu nahe an die Sachen kommen, er räumt gleich ab.«

Sie saßen alle im Heidekraut im Schatten des Wohnwagens. Beller und Knurrer lagen neben Tim. Pongo saß neben Anne und ließ sich von ihr mit Broten füttern. Nobby hatte seinen Spaß, aß auch mehr Brote als jeder andere und erzählte die ganze Zeit, während er ein Schinkenbrot nach dem anderen verdrückte.

Er brachte die vier Kinder immer wieder zum Lachen, wenn er die Clown-Nummer seines Onkels Dan nachmachte. Er schlug Rad rings um den Wagen. Dann stand er seelenruhig auf dem Kopf und verspeiste dabei eine Tomate, sehr zum Erstaunen von Tim, der immer wieder um ihn herumlief und sein Gesicht beschnupperte, als wolle er sagen: »Eigenartig! Keine Beine! Da stimmt doch was nicht!«

Schließlich konnte keiner mehr etwas essen. Nobby stand auf und sah sich etwas nervös um.

»Es hat mir so gut gefallen, daß ich die Zeit ganz vergessen hab'«, sagte er verlegen. »Aber jetzt bin ich sicher zu lange geblieben, da wird's wieder Stunk geben! Na, wenn schon! Jedenfalls war's prima bei euch, aber jetzt müssen wir beide wirklich losrennen, Pongo. Vielen Dank für die tolle Bewirtung.«

»Du kommst doch wieder, oder?« fragte Anne.

»Klar, wenn ich von meinen Leuten loskomm'!« sagte Nobby und grinste spitzbübisch. »Wo ist dieser Pongo jetzt schon wieder? Seht euch nur den Kerl an! Er hat eins von euren Taschentüchern und putzt sich die Nase!«

Anne kicherte. »Er kann es behalten«, sagte sie. »Es ist ein ganz altes!«

»Bleibt ihr lange hier?« wollte Nobby wissen.

»Nicht hier«, sagte Julius. »Wir wollten noch ein bißchen höher hinauf. Dort ist es kühler. Die Nacht bleiben wir aber hier. Vielleicht können wir uns morgen das Lager ansehen.«

»Nicht, wenn Lou da ist«, erwiderte Nobby. »Wenn der droht, daß er jemand rauswirft, dann tut er's auch. Aber wenn er fort ist, geht alles in Ordnung. Ich komme und sage euch Bescheid.«

»Fein«, sagte Julius. »Ich habe vor Lou keine Angst, aber besonders scharf sind wir nicht darauf, uns Schwierigkeiten einzuhandeln. Wenn Lou morgen früh da ist, fahren wir weiter hinauf, und du kannst uns immer noch ein Zeichen geben, wenn die Luft rein ist. Und wenn es dir paßt, komm nur herauf und besuche uns.«

»Und bring Pongo mit«, ergänzte Anne.

»Da könnt ihr Gift drauf nehmen!« rief Nobby. »Also, auf Wiedersehen!«

Er rannte mit Beller und Knurrer los, Pongo zerrte er hinter sich her. Der Schimpanse wollte sich nicht von der Stelle rühren. Er benahm sich wie ein ungezogenes Kind.

»Nobby und Pongo gefallen mir«, stellte Anne fest. »Ich möchte nur wissen, was Mutti sagen würde, wenn sie wüßte, daß wir nun einen Schimpansen zum Freund haben. Sie würde vor Schreck umfallen.«

Julius sah recht nachdenklich aus. Er machte sich Gedanken, ob es richtig gewesen war, dem Zirkus nachzufahren und Anne und die anderen mit Leuten wie Tiger Dan und Lou zusammenzubringen. Aber sie konnten ja einen Bogen um sie machen. Sie wollten ja ohnehin weiter in die Berge hinauf.

»Haben wir genug zu essen für heute abend und morgen früh?« fragte er Anne. »In der Nähe scheint nämlich kein Bauernhof zu liegen. Nobby sagt aber, weiter oben wäre einer. Dort kaufen auch die Zirkusleute ihre Vorräte. Jeden Tag geht jemand hinauf.«

»Ich sehe gerade mal nach, was wir in der Speisekammer haben, Julius«, sagte Anne und stand auf. Sie wußte natürlich genau über die Vorräte Bescheid, aber sie fühlte sich sehr wichtig und erwachsen, wenn sie nachschauen ging. Und das tat ihr gut, da sie sich den anderen gegenüber doch oft klein und schwach fühlte.

Sie rief den Freunden vom Wohnwagen aus zu: »Ich habe Eier, Tomaten, Fleisch, den Kuchen, den wir heute gekauft haben, viel Brot und ein Pfund Butter.«

»Das langt«, entschied Julius. »Da brauchen wir heute nicht mehr einkaufen zu gehen.«

Als es dämmerte, zeigten sich zum erstenmal Wolken am Himmel. Kein Stern funkelte, und der Mond war verdeckt. Es war rabenschwarz, und als Julius vor dem Schlafengehen nochmals aus dem Fenster blickte, konnte er noch nicht einmal den See herüberschimmern sehen.

Er stieg in seine Schlafnische und wickelte sich in die Decke. Im anderen Wagen schliefen Anne und Georg. Tim lag wie immer zu Georgs Füßen. Sie hatte ihn ein-, zweimal gestoßen, aber jetzt hatte er seine Ruhe und lag schwer auf ihren Füßen, den Kopf auf die Pfoten gelegt.

Plötzlich spitzte er die Ohren. Vorsichtig hob er den Kopf. Dann knurrte er leise. Er hatte etwas gehört. Ganz still saß er da und lauschte. Er vernahm Schritte aus zwei verschiedenen Richtungen. Dann hörte er Stimmen, leise Flüsterstimmen.

Wieder knurrte der Hund, diesmal lauter. Georg wachte auf und griff nach seinem Halsband. »Was ist denn los?« flüsterte sie. Tim lauschte weiter, und da hörte auch sie die Stimmen.

Georg schlüpfte aus ihrem Bett und ging an die halb geöffnete Wagentür. Draußen konnte sie aber nichts sehen, weil es so dunkel war. »Sei still, Tim«, flüsterte sie.

Timotheus begriff. Er knurrte nicht mehr, aber Georg konnte fühlen, wie sich all seine Haare sträubten.

Die Stimmen schienen nicht weit entfernt zu sein. Georg vermutete, daß zwei Männer miteinander sprachen. Dann hörte sie, wie ein Streichholz angestrichen wurde, und in dessen Licht sah sie die beiden Männer, die sich Zigaretten ansteckten. Sie erkannte sie sofort. Es waren Lou und Nobbys Onkel Dan.

Was wollten die hier? Machten sie nur einen Spaziergang, oder wollten sie etwas aus den Wagen stehlen? Georg hätte zu gern Julius und Richard benachrichtigt, aber sie wagte nicht, aus dem Wagen zu gehen, weil die Männer sie dann hätten hören können.

Zuerst konnte sie nicht verstehen, was die beiden sprachen. Sie schienen eine sehr ernste Angelegenheit zu bereden. Dann hob einer die Stimme.

»Gut, das geht also in Ordnung.« Dann wieder das Geräusch von Schritten, diesmal auf Georgs Wagen zu. Die Männer rannten genau dagegen, schrien vor Schmerz und Schreck auf und betasteten dann das Hindernis, das so plötzlich aufgetaucht war.

»Ach, das sind diese blöden Wohnwagen!« hörte Georg Lou sagen. »Noch immer hier! Ich habe ihnen doch gesagt, sie sollten verschwinden!«

»Wem?« fragte Tiger Dan überrascht. Er war anscheinend erst in der Dunkelheit zurückgekommen und wußte noch nicht, was geschehen war.

»Ein paar Bälger, die Nobby kennt«, sagte Lou ärgerlich. Er schlug laut gegen die Wagen, so daß Anne mit einem Satz aus dem Schlaf fuhr. Auch Georg zuckte erschrocken zusammen. Tim bellte zornig.

Julius und Richard wachten auf. Julius rannte mit seiner Taschenlampe an die Tür. Das Licht erfaßte die beiden Männer, die neben Georgs Wagen standen.

»Was haben Sie hier so spät in der Nacht zu suchen?« fragte Julius. »Machen Sie keinen solchen Lärm und sehen Sie zu, daß Sie weiterkommen!«

Das war solchen Hitzköpfen wie Dan und Lou gegenüber genau der falsche Ton, denn beide bildeten sich ein, das Gelände gehöre nur ihnen und dem Zirkus.

»Was bildest du dir ein, du nichtsnutziger Fratz, du! Uns ein freches Maul anzuhängen!« schrie Dan wütend. »Ihr habt hier zu verschwinden! Aber dalli, kapiert?«

»Habe ich euch das nicht schon einmal gesagt?« brüllte Lou. »Du Gauner tust, was ich gesagt habe, oder ich hetze die Hunde auf euch.«

Anne begann zu weinen. Georg zitterte vor Zorn. Tim bellte wütend und zerrte am Halsband. Julius redete ruhig, aber bestimmt.

»Morgen fahren wir ab, wie wir es vorhatten. Wenn ihr euch aber einbildet, wir lassen uns von euch einschüchtern, habt ihr euch geirrt. Wir können hier genauso lagern wie ihr. Jetzt verschwindet und laßt uns in Ruhe.«

»Ich brat' dir eins mit dem Lederriemen über, du Großmaul!« schrie Lou und schnallte seinen Gürtel ab.

Georg ließ das Halsband los. »Los, Tim!« sagte sie. »Faß! Aber nicht beißen!«

Mit drohendem Gebell raste der Hund aus dem Wagen

und stürzte sich auf die beiden Männer. Obwohl er die beiden Kerle nur zu gern gebissen hätte, unterließ er es. Er schnappte aber nach ihnen und knurrte dabei so fürchterlich, daß die beiden allen Mut verloren.

Lou schlug so heftig nach Tim, als wolle er ihn totprügeln. Aber so etwas störte Tim nicht. Es packte Lous rechtes Hosenbein und riß es vom Knie bis zum Knöchel auf.

»Paß auf, der Hund dreht durch!« rief Dan. »Er packt uns an der Kehle, wenn wir nicht gehen. Ruft ihn zurück! Aber wehe euch, wenn ihr morgen noch hier seid. Das wird euch noch mal leid tun! Da könnt ihr Gift drauf nehmen, Saubande, elende!«

Als sie sah, daß die Männer den Rückzug antraten, pfiff Georg. »Hierher, Tim! Paß auf, bis sie wirklich fort sind. Stürz dich auf sie, wenn sie wiederkommen!«

Aber die Männer verschwanden sofort. Und nichts in der Welt hätte sie in dieser Nacht in die Nähe Tims zurückgebracht!

VIII

Hinauf in die Berge!

Das Erlebnis mit den Männern hatte die Kinder erschreckt und beunruhigt. Georg berichtete, wie Tims Knurren sie geweckt hatte, so daß sie die beiden Männer miteinander sprechen hören konnte.

»Ich glaube nicht, daß sie etwas stehlen wollten«, meinte sie. »Sie haben sich hier wahrscheinlich getroffen, um irgendeine Gemeinheit auszubrüten. Weil sie nicht wußten, daß hier unsere Wagen stehen, sind sie dagegengelaufen.«

»Das sind vielleicht üble Burschen«, sagte Julius. »Und ich bin nicht deiner Meinung, Georg. Auf jeden Fall werden unsere Wagen heute nacht verschlossen. Ich weiß, du hast Tim, aber ob mit oder ohne Hund, nochmals möchte ich mit den beiden nicht zusammenstoßen.«

Anne war so verängstigt, daß Georg einwilligte und den Wagen von innen absperrte. Die Jungen gingen zu ihrem Wagen zurück, und auch ihn verschloß Julius von innen.

»Ich bin heilfroh, wenn wir von hier fort sind«, sagte er. »Solange wir noch in der Nähe des Lagers stehen, ist mir doch ziemlich mulmig. Weiter oben ist alles besser.«

»Wir fahren gleich nach dem Frühstück ab«, meinte Richard und legte sich wieder in seine Koje. »Mann, hatten wir ein Glück, daß Tim dabei ist. Die Kerle sahen ganz so aus, als wollten sie wirklich auf dich losgehen, Julius.«

»Ja. Das hätte übel ausgehen können«, bestätigte Julius. »Die hätten glatt Mus aus mir gemacht!«

Am nächsten Morgen waren alle früh munter. Keiner hatte Lust, länger liegenzubleiben und zu dösen. Sie wollten aufbrechen, bevor Lou und Dan wieder erschienen.

»Anne und Georg, ihr besorgt das Frühstück. Richard und ich holen inzwischen die Pferde und spannen an«, befahl Julius. »Dann können wir wenigstens gleich nach dem Frühstück aufbrechen.«

Sie aßen und packten dann zusammen. Gerade waren sie auf die Fahrersitze geklettert, um loszufahren, als Lou und Dan des Wegs daherkamen.

»Sieh mal einer an, ihr haut ab!« sagte Dan mit einem höhnischen Grinsen. »Das ist aber schön. Es freut einen doch, wenn Kinder so gehorsam sind. Wo fahrt ihr denn hin?«

»Hinauf in die Berge«, gab Julius zur Antwort. »Aber nicht etwa euretwegen.«

»Warum fahrt ihr nicht untenherum, warum denn über den Gipfel?« fragte Lou. »Es ist kein guter Weg. Die Pferde schaffen das nicht.«

Julius wollte gerade entgegnen, daß er gar nicht die Absicht hätte, über den Kamm auf die andere Seite zu fahren, doch dann schwieg er. Was brauchten diese Kerle zu wissen, daß sie dort oben lagern wollten? Vielleicht kamen die beiden dann wieder und belästigten sie. Die waren überhaupt so verdächtig freundlich, das gefiel ihm gar nicht.

Er schnalzte Dobby zu. »Wir fahren, wie *wir* wollen«, sagte er. »Und wir wollen *hier* hinauf. Das kann Ihnen doch egal sein.«

Als Dobby geradewegs auf sie zustampfte, mußten die Männer zur Seite springen. Sie sahen den Kindern finster nach. Plötzlich hörten sie eilige Schritte, und Nobby eilte mit Beller und Knurrer heran.

»Hallo, warum fahrt ihr so früh?« rief er. »Ich begleite euch noch ein Stückchen.«

»Untersteh dich!« fuhr sein Onkel ihn an und gab dem Jungen einen heftigen Rippenstoß. »Ich habe dem Pack gesagt, es soll sich fortscheren. Ich will hier keine Fremden herumlungern sehen. Und untersteh dich, mit ihnen rumzufaulenzen! Du gehst jetzt und arbeitest mit den Hunden, oder ich hau' dir ein paar runter, daß du die Sterne funkeln siehst.«

Zornig und verschüchtert starrte Nobby ihn an. Er kannte seinen Onkel zu gut, um eine Widerrede zu wagen. Verdrossen drehte er sich um und schlich ins Lager zurück. Unterwegs überholten ihn die Wagen. Julius rief ihm leise zu:

»Kopf hoch, Nobby. Wir warten oben auf dich. Sag aber den beiden nichts davon. Sie sollen denken, wir wären fort. Bring Pongo mit!«

Nobby grinste. »Ihr seid in Ordnung!« sagte er. »Ich kann auch die Hunde mitbringen und oben mit ihnen arbeiten, aber heute nicht. Heute ist dicke Luft. Wenn die mal für einen Tag verschwunden sind, hole ich euch runter und zeig' euch das Lager. Einverstanden?«

»Okay«, sagte Julius und fuhr weiter. Weder Lou noch Dan hatten ein Wort gehört oder auch nur gemerkt, daß die Kinder miteinander gesprochen hatten, denn Nobby war so schlau gewesen, die ganze Zeit im Laufen nicht innezuhalten und den Kindern noch nicht einmal das Gesicht zuzuwenden.

Der Weg schlängelte sich die Hügel hinauf. Zunächst war er nicht sehr steil, sondern zog sich in Serpentinen am Hang hin. Unterwegs fuhren sie über eine Steinbrücke, unter der ein reißender Gebirgsbach hindurchfloß.

»Der hat's aber eilig!« rief Georg und verfolgte, wie er rauschend seinen Weg hinab ins Tal suchte. »Entspringt er nicht da oben am Hang?«

Sie deutete den Berg hinauf, und tatsächlich schien der Bach dort aus dem Berg zu kommen.

»Aber das kann doch nicht sein, nicht bei solch einem großen Bach«, meinte Julius und ließ Dobby halten. »Ich hab' Durst, und wenn da oben eine Quelle ist, ist sie bestimmt kühl und klar. Es wäre doch schön, dort etwas zu trinken. Kommt, wir sehen mal nach!«

Aber es war keine Quelle. Der Bach entsprang hier nicht, sondern floß aus einer Höhle in der Felsenwand, genauso breit und schnell wie unten an der Brücke. Die Kinder beugten sich nieder und blickten in die Höhle.

»Er kommt aus dem Berg«, sagte Anne. »Stellt euch vor, wie er in dem Berg herumtobt. Er muß eine riesige Höhle ausgewaschen haben.«

Trinken wollten sie nicht, weil es nicht die frische, klare Quelle war, die sie erwartet hatten. Ein Stück weiter entdeckten sie aber eine wirkliche Quelle, die kalt und kristallklar aus den Felsen hervorsprudelte. Sie tranken und behaupteten, es sei das Köstlichste gewesen, was sie jemals in ihrem Leben getrunken hätten.

»Kommt jetzt«, sagte Richard nach einer Weile. »Wir müssen den Bauernhof finden, Julius. Ich hab' gerade einen Hahn krähen gehört, es kann also nicht mehr weit sein.«

Sie fuhren um die nächste Wegbiegung und sahen auch schon den Hof. Kühe weideten in der Nähe. Hühner und Schafe liefen herum, und ganz in der Nähe arbeitete ein Mann. Julius rief ihn an:

»Guten Morgen! Sind Sie der Bauer?«

»Nein. Der Bauer ist da drüben«, sagte der Mann und deutete auf eine Scheune neben dem Bauernhaus. »Paßt auf die Hunde auf!«

Die beiden Wagen fuhren weiter auf den Hof zu. Der Bauer hörte sie und kam mit seinen Hunden heraus. Als er sah, daß nur Kinder in den Wagen waren, schien er ganz erstaunt zu sein.

Julius übernahm natürlich die Verhandlung mit dem Bauern. Der war einverstanden, den Kindern alles zu verkaufen, was sie brauchten, Eier, Milch, Butter und Gemüse. Sicherlich würde ihnen seine Frau auch gern etwas kochen oder einen Kuchen backen.

»Dann kann ich wegen der Bezahlung am besten mit ihr reden, oder?« schlug Julius vor. »Ich möchte nämlich alles gleich bezahlen, was wir bekommen.«

»Das ist schön, mein Junge«, erwiderte der Bauer. »Erledigt immer alles gleich, dann kriegt ihr keinen Ärger. Geht nur und sucht meine Frau! Sie hat Kinder gern. Wo wollt ihr denn lagern?«

»Wir möchten irgendwo bleiben, wo wir einen schönen Blick über den See haben«, sagte Julius. »Von hier aus können wir ihn nicht sehen. Vielleicht ein bißchen weiter oben.«

»Ja, fahrt noch einen halben Kilometer«, riet der Bauer. »Der Weg führt dorthinauf. Wenn ihr an ein Birkengehölz kommt, seht ihr in der Felswand eine Höhle, von dort habt ihr euren Blick über den See. Ihr könnt eure Wagen hineinfahren und seid dann vor jedem Wind geschützt.«

»Das ist ja toll!« riefen die Kinder. Der Bauer war direkt eine Erholung nach den beiden Hitzköpfen Dan und Lou.

»Aber jetzt suchen wir erst einmal Ihre Frau«, sagte Julius. »Dann werden wir unsere Wagen dort hinauffahren. Wir sehen Sie ja sicher wieder.«

Sie gingen zur Bäuerin, einer molligen Frau mit freundlichen Augen. Sie begrüßte die Kinder herzlich, bewirtete sie gleich mit Kuchen und ermunterte sie, sich von den

Pflaumen zu nehmen, die auf dem Baum vor dem Haus wuchsen.

Julius machte mit der Bäuerin aus, daß er immer gleich bezahlen würde, was sie jeden Tag kauften. Die Preise waren so, daß sie ihren Geldbeutel nicht übermäßig belasteten, und das war natürlich nicht zu verachten.

»Ich freue mich, wenn ihr ab und zu vorbeischaut«, sagte die Bäuerin. »Ihr werdet mir hier bestimmt nichts mutwillig kaputt machen oder Abfall rumliegen lassen, oder?«

Schwer beladen machten sich die Kinder auf den Weg. Die Bauersfrau drückte Anne noch ein Glas mit Stachelbeermarmelade in die Hand. Als Julius das auch noch bezahlen wollte, wurde sie richtig ärgerlich.

»Wenn ich jemandem etwas schenken will, so tu' ich das auch! Ich verlang' von euch schon, was die Sachen kosten, keine Angst, aber eine kleine Zugabe darf doch sein, hm? Und wenn ihr da wieder vom Bezahlen anfangt, gehe ich mit dem Nudelholz auf euch los!«

»Sie ist doch wirklich nett«, sagte Anne, als sie zu den Wagen zurückgingen. »Sogar Tim hat ihr die Pfote gegeben, ohne daß du ihm etwas gesagt hast, Georg, und das tut er doch sonst nie.«

Sie packten die Sachen in die Speisekammer, kletterten auf die Fahrersitze, schnalzten Dobby und Trotter zu und fuhren weiter den Weg hinauf.

Nach einem halben Kilometer tauchte eine Birkengruppe auf. »Hier in der Nähe muß die Höhle liegen«, meinte Julius. »Ja, da ist sie schon, in der Felswand, ein Superplatz! Wie für einen Lagerplatz geschaffen und mit einem erstklassigen Ausblick!«

Sie konnten den steilen Abhang hinunter auf den See sehen. Glatt und ruhig lag er wie ein großer Spiegel unter ihnen. Das andere Ufer konnten sie von hier aus nicht erkennen, es war schon eine große Wasserfläche!

»Wie blau das Wasser ist!« rief Anne begeistert. »Noch blauer als der Himmel. Vier-Sterne-Hotel mit Seeblick!«

Julius fuhr die Wagen in die Höhle. Hier wuchs Heidekraut wie ein dicker roter Teppich. Aus den Felsspalten im Hintergrund schauten in dicken Büscheln kleine weiße Blümchen. Einen schöneren Platz hätten sie nicht finden können.

Georgs scharfe Ohren hörten das Geräusch von Wasser, und sie ging nachsehen. Dann rief sie den anderen zu: »Was glaubt ihr, hier sprudelt auch eine Quelle aus den Felsen.

Jetzt haben wir sogar fließendes Wasser im Haus. Das nennt man Glück!«

»Und ob«, sagte Julius. »Der Platz ist allererste Sahne, hier können wir richtig Ferien machen und uns austoben, und niemand wird uns stören.« Doch da hatte er sich zu früh gefreut.

IX

Eine unerfreuliche Begegnung

Es war ein Vergnügen, in der behaglichen Höhle zu lagern. Die beiden Wagen standen Seite an Seite im Hintergrund. Als erstes spannten die Kinder die Pferde aus und führten sie auf eine große Wiese, wo die Pferde des Bauern nach ihrer Tagesarbeit weideten. Trotter und Dobby schien der sanfte, grüne Hang sehr zu gefallen. Es gab dort sogar eine Quelle, deren Wasser in einen Steintrog floß, der so immer mit frischem, kühlem Wasser gefüllt war. Beide Pferde tranken lange daraus.

»Da hätten wir die Pferde ja versorgt«, meinte Julius. »Wir werden dem Bauern sagen, daß er sie für sich arbeiten lassen kann, wenn er will – es ist jetzt bald Ernte, und da wird er sie vielleicht gut gebrauchen können. Es wird außerdem den beiden Spaß machen.«

Vor der Höhle war eine steinerne Schwelle, dicht mit grünem Moos überzogen. »Seeblick – erste Reihe!« rief Anne und ließ sich darauf nieder. »Wie warm die Steine von der Sonne sind. Ich fühl' mich pudelwohl!«

»Ich bin dafür, daß wir hier immer essen«, meinte Georg und setzte sich auch. »Es ist bequem, wir haben Platz, und der Stein ist so eben, daß wir unsere Teller und Tassen hierherstellen können, ohne daß wir dauernd was verschütten. Außerdem, die Aussicht von hier ist zu schön. Kann einer von euch etwas vom Zirkus sehen?«

»Da drüben steigen ein paar Rauchsäulen in den Himmel«, sagte Georg und streckte die Hand aus. »Wahrscheinlich liegt dort das Lager.«

»Vielleicht können wir Nobby sehen«, sagte Anne. »Haben wir denn kein Fernglas mit, Julius! Ich meine doch.«

»Klar haben wir eins«, bestätigte Julius. »Ich hole es sofort.« Er ging in den grünen Wagen, durchstöberte etliche Schubladen und kam schließlich mit dem Fernglas zurück, das an einem Lederriemen hing.

»Da haben wir's!« sagte er und setzte es an die Augen. »Ja, jetzt kann ich alles genau sehen. Nobby führt den Affen herum, und ein paar kleine Kinder sind auch dabei.«

Alle wollten jetzt durchs Glas schauen. »Wißt ihr, eigentlich könnte uns Nobby immer Zeichen geben, wenn sein Onkel und Lou fort sind«, meinte Richard. »Dann wüßten wir, daß die Luft rein ist, und könnten uns getrost im Lager sehen lassen.«

»Gute Idee«, pflichtete Georg ihm bei. »Gib mir das Glas, Richard! Tim will schließlich auch mal durchblicken.«

»Meine Güte, bist du ein Kindskopf! Der denkt höchstens, das ist was zum Fressen«, sagte Richard, er reichte es ihr aber. Tim schleckte das Fernglas zuerst ab, dann versuchte er hineinzubeißen.

»Wau«, gab er von sich, als Georg es ihm lange genug vor die Augen gehalten hatte.

»Er sagt, er hat Nobby und Pongo auch gesehen«, übersetzte Georg seine Hundesprache. Die anderen lachten. Anne glaubte es sogar. Tim ist doch ein solch außergewöhnlicher Hund, dachte sie, während sie seinen Kopf tätschelte.

Es war ein furchtbar heißer Tag. Zu heiß, um etwas zu unternehmen, um auch nur hinunter zum See zu gehen und zu baden. Die Kinder waren froh, daß sie in den Bergen waren, denn ab und zu wehte hier wenigstens ein kleines Lüftchen. Sie erwarteten Nobby an diesem Tag nicht mehr, rechneten aber damit, daß er am nächsten Tag heraufkommen würde. Andernfalls wollten sie hinunter zum Baden gehen, in der Hoffnung, ihn irgendwo zu treffen.

Bald wurde ihr Felsen zum Sitzen zu heiß. Die Kinder zogen sich unter die Birken zurück, die wenigstens etwas Schatten spendeten. Sie nahmen Bücher mit, und Tim lief ihnen nach, dabei keuchte er, als sei er meilenweit gelaufen. Immer wieder ging er an die kleine Quelle trinken. Anne füllte einen großen Topf mit dem kalten Wasser und stellte ihn mit einer Tasse zum Schöpfen an eine schattige Stelle. Den ganzen Tag über waren sie durstig, und es war bequem, die Tasse in das kalte Wasser zu tauchen und zu trinken.

Der See war unbeschreiblich blau und lag still wie ein Spiegel vor ihnen.

»Wollen wir heute abend, wenn es kühler geworden ist, zum See baden gehen?« fragte Julius zur Teezeit. »Wir haben heute noch nicht viel Bewegung gehabt, und etwas Laufen und Schwimmen täte uns ganz gut. Tim nehmen wir aber nicht mit, denn wenn wir zufällig Lou oder Dan begegnen, könnte es ungemütlich werden. Wir müssen ja nicht um jeden Preis streiten.«

»Außerdem kann er die Wagen bewachen«, warf Anne ein. »Ich spüle jetzt die Teller und Tassen drüben im Bach. Oder hat noch jemand Hunger?«

»Zu heiß«, stöhnte Richard und legte sich auf den Rücken. »Wenn wir nur schon am See wären, am liebsten würde ich von hier aus reinspringen!«

Gegen halb sieben wurde es kühler, und die Kinder machten sich auf den Weg, den Berg hinunter. Timotheus war traurig und beleidigt, weil er zurückbleiben mußte.

»Du mußt Wache stehen, Tim«, ermahnte ihn Georg. »Verstanden? Laß niemanden zu nahe an die Wagen ran. Paß gut auf, Tim!«

Tim fiepte leise und ließ den Schwanz hängen. Aufpassen!

Georg hätte wirklich wissen können, daß die Wagen nicht von allein fortlaufen und daß er nur zu gern auch im See herumgeplanscht hätte.

So blieb er denn traurig zurück, stand auf der Felsschwelle, um die Kinder bis zuletzt sehen zu können, die Ohren gespitzt, um ihre Stimmen zu hören, und mit traurig hängendem Schwanz. Dann ging er, legte sich unter Georgs Wagen und wartete auf die Rückkehr seiner Freunde.

Die Kinder liefen mit ihren Badesachen den Berg hinunter, schnitten Wegbiegungen ab und sprangen wie die Gemsen die steileren Stücke hinab. Bei der Herfahrt war ihnen der Weg sehr lang erschienen, denn sie waren in den Wagen mit Dobby und Trotter nur langsam vorwärts gekommen, aber jetzt, da sie sich auf ihre eigenen Beine verlassen konnten, war es gar nicht so weit.

Schließlich gelangten sie an eine steile Stelle, die sie auf den Weg zurück zwang. Sie folgten ihm bis an einen scharfen Knick bei einer Felsnase – und zu ihrer Überraschung liefen sie Lou und Tiger Dan direkt in die Arme!

»Beachtet sie überhaupt nicht!« zischte Julius leise. »Bleibt beisammen und lauft einfach weiter. Tut so, als sei Tim irgendwo in der Nähe.«

»Tim! Tim!« rief Georg sofort.

Lou und Dan waren ebenso überrascht, die Kinder zu treffen. Sie blieben stehen und schauten die vier jungen Freunde scharf an. Aber die hasteten vorüber.

»He! Bleibt mal 'n Moment stehen!« rief Dan. »Wieso seid ihr noch da? Ihr habt doch behauptet, ihr wollt übern Gipfel rüber!«

»Tut uns leid, wir haben keine Zeit!« rief Julius zurück. »Uns pressiert's!«

Lou schaute sich besorgt nach Tim um. Er hatte keine Lust, sich wieder von dieser wildgewordenen Bestie anfallen zu lassen.

Er redete laut und tat, als sei er bester Laune.

»Wo sind denn eure Wagen? Hier oben irgendwo?«

Aber die Kinder gingen wortlos weiter, und die Männer mußten ihnen ein Stück nachlaufen, um sich verständlich zu machen.

»He! Was ist denn los? Wir tun euch doch nichts! Wir wollen nur wissen, wo ihr hier heroben seid. Unten ist's viel schöner, nich' so weit zum See.«

»Weitergehen!« murmelte Julius. »Gebt keine Antwort. Warum erzählen die uns, unten sei es schöner, wenn sie gestern noch so wild drauf waren, uns dort rauszuwerfen? Die spinnen!«

»Tim! Tim!« rief Georg wieder und hoffte, daß es die Männer davon abhielt, ihnen zu folgen.

So war es auch. Sie gaben es auf, den Kindern nachzugehen, drehten sich ärgerlich um und stiegen weiter den Weg hinauf.

»Na, die sind wir los«, sagte Richard erleichtert. »Jetzt mach doch kein so ängstliches Gesicht, Anne. Was die nur dort oben wollen? Sie sehen nicht gerade wie harmlose Spaziergänger aus.«

»Richard, fängt da etwa ein neues Abenteuer an?« fragte Anne und sah auf einmal sehr niedergeschlagen aus. »Ich will keins. Ich will nur ganz gewöhnliche, friedliche Ferien.«

»Aber wieso denn ein Abenteuer?« fragte Richard spöttisch. »Nur weil wir zwei schlechtgelaunte Kerle aus einem Zirkuslager getroffen haben, Anne? Ich würde schon gern mal wieder eins erleben. Jedesmal, wenn wir gemeinsam Ferien gemacht haben, waren's am Ende Abenteuerferien, und du mußt zugeben, du erzählst besonders gern davon.«

»Ja, das stimmt. Aber wenn wir mittendrin sind, gefällt es mir überhaupt nicht«, sagte Anne. »Abenteuer sind doch nun einmal mehr was für Jungen.«

»Nein, eine Abenteurernatur bist du wirklich nicht«,

pflichtete ihr Julius bei und half Anne über ein steiles Stück. »Aber alle Abenteurer brauchen eine Hausfrau, die ihnen täglich die Betten macht, also bist du eine wichtige Person.« Er grinste, und Anne streckte ihm die Zunge raus. »Und außerdem, Hand aufs Herz – möchtest du bei einem unserer Abenteuer fehlen?«

»Aber *nein*«, sagte Anne. »Ich bin doch kein Feigling! Schaut, da ist der See! Er sieht eiskalt aus.«

Im Nu waren sie im Wasser, und plötzlich war auch Nobby da und winkte und rief: »Ich komme auch rein! Lou und mein Onkel sind weggegangen. Hurra!«

Beller und Knurrer waren bei Nobby, Pongo aber fehlte. Nobby war bald im Wasser und spritzte Georg naß, sobald er in ihre Nähe kam.

»Wir haben Lou und deinen Onkel getroffen, als wir herunterkamen«, sagte Georg. »Hör doch mal mit der blöden Spritzerei auf, Nobby, und laß mich reden! Wir haben gerade eben Lou und deinen Onkel getroffen, habe ich gesagt, sie sind den Berg hinaufgegangen.«

»Den Berg hinauf?« fragte Nobby erstaunt. »Wozu das? Sie müssen doch gar nichts aus dem Bauernhof holen. Das tun doch die Frauen jeden Morgen.«

»Auf jeden Fall sind wir ihnen begegnet«, sagte Richard und schwamm herbei. »Die haben ganz schön belemmert dreingeschaut, als sie uns gesehen haben. Aber sie waren verdächtig freundlich, direkt unheimlich. Hoffentlich lassen sie uns in Ruhe.«

»Heute war ein böser Tag für mich«, sagte Nobby und wies auf die blauen Flecken auf seinen Armen. »Mein Onkel hat mich ordentlich verprügelt, weil ich so viel mit euch geredet hab'. Er sagt, ich darf mich nicht mit fremden Leuten abgeben.«

»Warum eigentlich nicht?« fragte Richard. »Ist dein Onkel nicht ganz dicht oder so was? Aber du scheinst ja auch nicht gerade einen Narren an ihm gefressen zu haben. Na, du scheinst dir nicht viel aus ihm zu machen.«

»Das kannst du laut sagen!« erwiderte Nobby. »Aber jetzt ist er erst mal dort oben. Ich muß nur aufpassen, daß er mich nicht bei euch erwischt, das ist alles. Im Lager verrät mich niemand, die können alle Tiger Dan und Lou auf den Tod nicht ausstehen.«

»Wir haben dich heute mit Pongo gesehen«, sagte Julius, der nun auch noch herbeigeschwommen kam. »Und da haben wir überlegt: Wenn du uns ein Zeichen geben willst, kannst du das leicht machen. Du brauchst nur mit dem Boot hinauszufahren und mit einem Taschentuch zu winken. Wir haben ein Fernglas und können dich leicht erkennen. Wenn du winkst, kommen wir hinunter. Dann ist die Luft rein.«

»In Ordnung!« sagte Nobby. »Los, auf zum Wettschwimmen! Ich wette, ich bin zuerst am Ufer!«

Er schwamm einen Mischstil aus Hundstrab und Delphin, aber er schaffte es, sogar Julius um eine Nasenlänge zu schlagen.

»Leute, jetzt hab' ich einen Mordshunger!« sagte Julius. »Komm, Nobby, und iß mit uns!«

X

Seltsame Gesinnungsänderung

Nobby wäre nur zu gern mitgekommen, um oben am Berg mit den Kindern zu essen. Er hatte aber Angst, Lou und seinem Onkel über den Weg zu laufen, wenn sie von ihrem Ausflug zurückkehrten.

»Wir können sie doch abfangen und dich warnen, wenn wir sie sehen oder hören«, sagte Richard. »Du kannst dann schnell unter einen Busch kriechen und dich verstecken, bis sie vorbei sind. Du kannst dich auf uns verlassen, denn *wir* wollen sie auch nicht mehr treffen!«

»Gut, einverstanden«, sagte Nobby. »Beller und Knurrer kommen auch mit. Sie werden sich freuen, Tim zu sehen.«

So machten sich alle fünf mit den beiden Hunden auf den Weg den Berg hinauf. Erst kletterten sie, um den Weg abzuschneiden, bald aber keuchten alle und beschlossen, dem Weg zu folgen, der, wenn auch länger, so doch einfacher zu gehen war.

Sie hielten scharf Ausschau nach den beiden Männern, konnten aber keine Spur von ihnen entdecken. »Gleich sind wir bei den Wagen«, sagte Julius. Da hörte er in der Ferne Timotheus bellen. »Horcht! Warum bellt Tim? Die Kerle werden doch nicht an unseren Wagen sein!«

»Nur gut, daß wir Tim oben gelassen haben«, meinte Richard. »Wir hätten sonst womöglich noch einiges vermißt.«

Dann wurde er rot, denn ihm war eingefallen, daß es ja

schließlich Nobbys Onkel war, von dem er so abfällig sprach. Nobby war vielleicht beleidigt, wenn er hörte, daß jemand Tiger Dan einen Diebstahl zutraute.

Aber Nobby war nicht eingeschnappt. »Über meinen Onkel kannst du von mir aus sagen, was du willst, das is' mir egal«, meinte er wegwerfend. »Er ist ein mieser Kerl. Das weiß ich am besten. Außerdem ist er nicht mein richtiger Onkel. Meine Eltern sind gestorben und haben 'n bißchen Geld hinterlassen. Und das Ekel Dan haben sie beauftragt, daß er sich um mich kümmert. Aber der kümmert sich bloß um die paar Kröten. Dafür muß ich ihn Onkel nennen und für ihn schuften.«

»War er damals im selben Zirkus?« fragte Julius.

»Ja. Er und mein Vater waren Clowns«, erwiderte Nobby. »In unserer Familie hat es immer Clowns gegeben. Aber wartet nur, bis ich alt genug bin. Dann reiße ich aus und gehe zu einem anderen Zirkus, wo ich was mit Pferden machen kann. Ich bin ganz verrückt auf schöne Pferde. Aber der Kerl in unserem Zirkus läßt mich nicht oft ran. Er ist eifersüchtig, weil ich so gut mit den Tieren umgehen kann.«

Die Kinder starrten Nobby wie ein Wunder an. Er war ein ungewöhnlicher Junge! Er spazierte mit einem zahmen Schimpansen umher, arbeitete mit ganzen Horden von Zirkushunden, wohnte beim Oberclown des Zirkus, konnte wunderbar radschlagen, und sein einziges Ziel war, mit Pferden zu arbeiten! Was für ein Junge! Richard beneidete ihn.

»Bist du jemals zur Schule gegangen?« fragte er Nobby.

Nobby lachte laut auf. »Was denkt ihr denn! Klar gehe ich zur Schule. Aber jetzt sind schließlich Ferien. Ich bin in einem Internat, sonst müßte ich ja alle paar Wochen in eine andere Schule. Allerdings könnte ich gut drauf verzichten. Mit dem Lesen und Rechnen hab' ich's nicht so.«

»Ich kann schon gut lesen«, sagte Anne stolz. »Und jetzt kann ich sogar mit Brüchen rechnen.«

»Puh. Brüche find ich zum...«, meinte Nobby und machte eine entsprechende Grimasse.

»Ich rechne gern«, sagte Anne.

»Aber ein Rad schlagen ist für mich viel schwerer, als mit Brüchen zu rechnen. Und Hunde dressieren und Kopfstand kann von uns keiner.«

»Weshalb bellt Tim nur immerfort?« fragte Georg erneut, als sie in die Nähe des Birkengehölzes kamen. Dann hielt sie plötzlich an, denn sie hatte zwei Gestalten im Gras unter den Bäumen liegen sehen. Lou und Tiger Dan.

Für Nobby war es zu spät, sich zu verstecken. Die Männer hatten ihn bereits erblickt. Sie standen auf und warteten, bis die Kinder näher kamen. Georg war froh, daß Tim in Hörweite war. Sie wußte, er würde beim ersten Pfiff heranstürmen.

Julius sah die beiden Männer böse und herausfordernd an. Zu seiner Überraschung schienen sie recht freundlich gesinnt. Ein leichter Schatten huschte über Tiger Dans Gesicht, als er Nobby sah, doch er verflog wieder.

»Guten Abend!« sagte Julius kurz und wollte ohne ein weiteres Wort vorübergehen, doch Lou vertrat ihm den Weg.

»Wir haben gerade gesehen, daß ihr hier lagert«, sagte Lou, grinste und zeigte dabei eine Reihe schmutziger gelber Zähne. »Aber ihr habt doch gesagt, daß ihr über den Berg rüberwollt, oder? Wie isses damit?«

»Sagen Sie mal, was geht Sie das eigentlich an? Gehört Ihnen vielleicht der Berg?« sagte Julius kurz angebunden. Er wirkte plötzlich äußerst erwachsen. »Sie haben uns da unten rausgeschmissen, und wir sind gegangen. Was, um alles in der Welt, wollen Sie denn jetzt noch von uns?«

»Ja, das ist so«, sagte Tiger Dan, dem man anmerkte, wie

schwer es ihm fiel, höflich zu sein. »Wir wollen heute abend ein paar Tiere hier heraufbringen. Ihr sollt aber nicht in Gefahr kommen.«

»Werden wir auch nicht«, erwiderte Julius verächtlich. »Hier ist Platz genug für alle. Und außerdem waren wir zuerst da. Wir bleiben hier, solange wir wollen – und wenn wir Hilfe brauchen, der Bauer und seine Leute sind ganz in der Nähe. Und unseren Hund kennen Sie ja schon.«

»Habt ihr den Hund zur Bewachung zurückgelassen?« fragte Lou, als er Timotheus wieder bellen hörte. »Euer

Hund, das ist 'ne Bestie, der gehört kaltgemacht. Der ist gefährlich.«

»Nur für Schnüffler und Gauner«, mischte sich Georg ein, die plötzlich herangetreten war. »Laßt eure Finger von unseren Wagen, kapiert? Tim beißt, wenn jemand in die Nähe kommt.«

Lou verlor allmählich die Geduld. »Also, haut ihr jetzt ab oder nicht?« fragte er. »Wir haben doch gesagt, daß wir den Platz da brauchen. Ihr könnt wieder runterkommen und am See bleiben, wenn ihr wollt.«

»Ja, kommt nur«, mischte sich nun auch Tiger Dan zum wachsenden Erstaunen der Kinder ins Gespräch. »Kommt nur. Da habt ihr's nicht so weit zum See, und Nobby zeigt euch das Lager, und ihr dürft mit allen Tieren spielen.«

Nobby schaute seinen Onkel mißtrauisch an.

»Ich glaub', ich hör' nicht recht! Zuerst vertrimmst du mich, weil ich 'n paar Worte mit denen geredet hab', und jetzt kriechst du ihnen hinten rein?« sagte Nobby. »Was ist denn jetzt wieder los? Früher habt ihr nie Tiere hier heraufgeschafft. Ihr...«

»Halt den Mund!« fiel ihm Tiger Dan ins Wort, und seine Stimme hatte einen derart bösen Unterton, daß die Kinder zusammenfuhren. Lou gab Dan einen Rippenstoß, und darauf bemühte sich der wieder, freundlicher zu sein.

»Wir wollen keine Freundschaft zwischen Nobby und irgendwelchen Leuten, die sich hier rumtreiben«, versuchte er zu erklären. »Aber wenn ihr was mit ihm anfangen könnt, uns stört's nicht. Kommt mit runter und lagert am See, und Nobby zeigt euch den ganzen Zirkus. Na, is' das 'n Angebot?«

»Es wär' gestern eins gewesen«, erwiderte Julius verächtlich. »Aber jetzt wollen wir nicht mehr. Wir bleiben hier, und wenn Sie sich auf den Kopf stellen. Ende der Diskussion.«

»Los, auf!« sagte Richard. »Wir müssen zu Tim. Er bellt sich fast schon die Kehle aus dem Hals, weil er uns hört. Es wird nicht lange dauern, dann ist er hier. Es wäre dann schwer, ihn von den beiden da zurückzuhalten.«

Die vier Kinder gingen weiter. Nobby blickte zweifelnd zu seinem Onkel. Er wußte nicht, ob er mitgehen durfte oder nicht. Lou stieß Dan wieder an.

»Geh nur mit, wenn du willst«, sagte Tiger Dan und versuchte dem verblüfften Nobby freundlich zuzulächeln. »Behalte nur so nette Freunde! Man weiß nie, wozu das gut ist.« Das Lächeln verschwand aus seinem Gesicht und machte einem finsteren Ausdruck Platz. Nobby duckte sich geschickt aus dem Bereich der Hand seines Onkels. Ihm kam die Sache äußerst verdächtig vor. Irgendwas war faul im Staate Dänemark!

Er rannte hinter den Kindern her. Tim lief ihnen entgegen, bellte und wedelte vor Freude wild mit seinem buschigen Schwanz.

»Du guter Hund, brav!« sagte Georg und streichelte ihn. »Du hast fein aufgepaßt. Du hast ja gewußt, daß ich nach dir pfeife, wenn ich dich brauche. Guter Hund.«

»Ich mache uns was zu essen!« sagte Anne. »Wir haben alle Hunger. Reden können wir während des Essens. Komm, Georg, und hilf mir! Julius, hol die Limonade! Und Richard, kannst du den Wassertopf wieder füllen?«

Die Jungen zwinkerten einander zu. Sie fanden es immer sehr lustig, wenn Anne das Kommando übernahm und ihre Befehle erteilte. Aber gehorsam gingen sie alle ans Werk.

Nobby half Anne. Sie kochten zusammen zehn Eier. Dann belegte Anne Brote mit Schinken und holte den Kuchen der Bäuerin. Da fiel ihr noch die Stachelbeermarmelade ein, welch ein Glück!

Bald saßen sie alle auf der Felsschwelle, die noch immer warm war, und beobachteten, wie die Sonne im See versank. Es war ein schöner Abend. Der See spiegelte alle Farben des Sonnenuntergangs, und am Himmel schwammen einzelne rosenrote Wölkchen. In der einen Hand hielten sie ihr hartgekochtes Ei, in der anderen eine Scheibe Brot und kauten mit vollen Backen. Ein Schälchen mit Salz, womit sie die Eier bestreuen konnten, stand auch auf der Felsplatte.

»Ich möchte nur wissen, warum es unterwegs immer besser schmeckt als zu Hause«, wunderte sich Georg. »Hartgekochte Eier mit Brot fand ich zu Hause immer gräßlich.«

»Will jemand zwei Eier?« fragte Anne. »Ich habe zwei für jeden gekocht. Hier sind auch noch Kuchen und Brote und die Pflaumen, die wir heute morgen gepflückt haben.«

»So gut habe ich selten gegessen«, sagte Nobby und nahm ein zweites Ei. »Und so lustig war's schon lange nicht mehr.«

»Ein Glück, daß dich dein Onkel nicht mit hinuntergenommen hat«, sagte Richard. »Komisch, wie sich ein Mensch so ändern kann! Aber wenn ihr mich fragt, da ist was faul. Die haben irgendwas vor.«

Sie begannen, alle möglichen Vermutungen aufzustellen. Julius war recht besorgt und machte sich schon Gedanken, ob sie nicht einen anderen Lagerplatz suchen oder über den Bergkamm fahren sollten. Die Stimmen der anderen wurden vor Aufregung lauter.

»Julius! Wir sind doch keine Feiglinge! Jetzt bleiben wir *gerade* hier.«

»Was, jetzt fortlaufen – wozu denn? Bist du noch zu retten? Laß die Kerle doch reden!«

»Ich bewege *meinen* Wagen keinen Zentimeter, da können die sagen, was sie wollen!« Das war natürlich Georg.

»Nein, geht nicht weg!« mischte sich Nobby ein. »Kümmert euch nur nicht um Lou und meinen Onkel. Sie können euch nichts tun. Die machen nur eine Menge Wind, da ist nichts dahinter. Bleibt hier, und ich zeig' euch das Lager. Einverstanden?«

»*Ich* will den Kerlen ja auch nicht nachgeben«, sagte Julius. »Es ist nur ... ich habe nun einmal für euch alle ... und, na, mir gefallen Tiger Dan und Lou eben nicht und ...«

»Ach, nimm dir noch 'n Ei, und denk nicht mehr dran«, meinte Richard. »Jetzt, wo Tiger Dan und Lou uns hier heraushaben wollen, bleiben wir gerade in der Höhle. Ich würde zu gern rausbekommen, warum wir hier weg sollen. Das Ganze erscheint mir sehr eigenartig.«

Die Sonne ging in rotem Licht unter, das sich im See widerspiegelte. Nobby stand bedauernd auf, und auch Beller und Knurrer, die mit Tim gespielt hatten, kamen heran.

»Ich muß jetzt gehen«, erklärte Nobby. »Unten gibt es noch einiges zu tun. Wie wäre es, wenn ihr morgen kommt, um die Tiere anzuschauen? Old Lady, der Elefant, wird euch sicher gefallen. Sie ist ein gutes Tier. Und Pongo freut sich auch auf euren Besuch.«

»Vielleicht hat sich's dein Onkel bis morgen wieder anders überlegt und schmeißt uns raus?« wandte Richard ein.

»Gut, ich gebe euch auf alle Fälle ein Zeichen«, sagte Nobby. »Ich fahre mit dem Boot auf den See raus. Wenn ich mit einem Taschentuch winke, ist alles in Ordnung. Also bis morgen!«

XI

Spaß im Zirkuslager

Während am nächsten Morgen Anne zusammen mit Georg Ordnung machte und Richard zum Bauernhof einkaufen ging, nahm Julius das Fernglas, setzte sich auf den Felsen und hielt nach Nobby und seinem Boot Ausschau.

Richard machte sich pfeifend auf den Weg. Die Bäuerin wies auf zwei vollgepackte Körbe.

»Hier ist Schinken«, sagte sie und nahm das weiße Tuch von einem Korb. »Und ein Glas Honig. Auch ein bißchen Gemüse und Radieschen, heute morgen aus dem Garten geholt. Und ein paar Tomaten.«

»Au, prima!« rief Richard und musterte erfreut die Herrlichkeiten. »Genau das, was uns schmeckt. Vielen Dank, Frau Mack. Was ist denn in dem anderen Korb?«

»Eier, Butter, Milch und eine Dose mit selbstgebackenem Kuchen«, sagte die Bäuerin. »Bis morgen müßt ihr aber alles aufgegessen haben, ihr vier! Und da in dem Papier ist ein Knochen für den Hund und ein bißchen Suppenfleisch von gestern.«

»Wieviel bin ich Ihnen schuldig?« fragte Richard. Er bezahlte und nahm die Körbe. Frau Mack steckte ihm einen Beutel in die Tasche.

»Nur ein paar selbstgemachte Süßigkeiten«, meinte sie. Das war ihr kleines Geschenk. Richard strahlte sie an.

»Das trau' ich mich aber nicht zu bezahlen, ich fürcht'

mich nämlich vor Ihrem Nudelholz«, sagte er lachend. »Also vielen Dank.«

Bester Laune ging er fort. Er malte sich Annes Überraschung aus, wenn sie die Körbe auspackte. Welchen Spaß würde es ihr bereiten, all die Sachen in die Speisekammer zu räumen und die Butter in Wasser kühl zu stellen und die Eier sorgfältig zu verstauen.

Als er zurückkam, rief ihm Julius zu:

»Nobby ist mit seinem Boot draußen. Schau! Er winkt mit etwas, was unmöglich ein Taschentuch sein kann. Es muß ein Bettlaken sein.«

»Vielleicht ist es ein Tischtuch!« meinte Anne.

»Auf jeden Fall ist es ein ganz großes weißes Tuch, das uns zeigen soll, daß im Lager unten alles in Ordnung geht«, sagte Julius. »Seid ihr soweit?«

»Noch nicht ganz«, erwiderte Anne und packte die Körbe aus, die Richard mitgebracht hatte. »Ich muß die Lebensmittel hier noch verstauen. Wollt ihr etwas zu essen mitnehmen? Das müßte ich dann noch richten. Hui, da hast du ja tolle Sachen mitgebracht!«

Alle kamen neugierig näher. »Frau Mack ist zu nett«, sagte Anne. »Mmm, der Schinken duftet! Bloß schnell weg damit!«

»Hier ist ein kleines Geschenk von ihr, selbstgemachte Süßigkeiten«, sagte Richard und holte sie aus der Hosentasche. Er hätte es beinahe vergessen. »Wollt ihr?«

Nach einer halben Stunde war auch Anne soweit. Die Kinder packten für sich und Nobby etwas zum Essen ein. Außerdem nahmen sie ihre Badesachen mit.

»Wollen wir Tim mitnehmen?« fragte Georg. »Ich möchte schon. Oder sollen wir ihn nicht doch lieber zum Aufpassen hierlassen? Ich möchte nicht heimkommen und die Wagen beschädigt oder ausgeraubt finden.«

»Ganz meine Meinung«, stimmte Richard zu. »Ich bin dafür, daß Tim zum Aufpassen hierbleibt, was meinst du, Boß?«

»Ja, ich glaube auch«, erwiderte sein Bruder sofort. »Ich trau' nämlich dem Frieden nicht. Wir können's nicht riskieren, daß die Wagen beschädigt werden. Auch wenn wir sie abschließen, sind sie nicht sicher genug. Armer alter Tim, es ist schon ein Jammer, wie?«

Tim würdigte Julius keines Blicks. Er schaute traurig vor sich hin und winselte leise. Was? Wieder gingen alle ohne ihn fort? Er wußte, was das Wort »aufpassen« bedeutete – er mußte also hierbleiben bei den Häusern auf Rädern, bis es den Kindern einfiel zurückzukommen. Mit hängenden Ohren und hängendem Schwanz stand er da – ein Bild des Jammers.

Aber es gab keine andere Möglichkeit. Die Kinder durften die Wagen nicht unbewacht lassen, solange sie sich nicht über Tiger Dan und Lou im klaren waren. So streichelten sie alle den armen Tim, redeten ihm gut zu und sagten auf Wiedersehn. Er setzte sich auf den Felsen, drehte ihnen beleidigt den Rücken zu und sah ihnen noch nicht einmal nach. »Er ist eingeschnappt«, stellte Georg fest. »Armer Tim.«

Es dauerte nicht lange, bis sie im Lager ankamen. Nobby, Pongo, Beller und Knurrer erwarteten sie schon. Nobby strahlte über das ganze Gesicht.

»Ihr habt mein Zeichen also gesehen«, sagte er. »Onkel Dan hat seine Meinung nicht wieder geändert. Scheint so, als könnte er euch leiden, er hat sogar gesagt, ich soll euch alles zeigen, was ihr sehen wollt. Ich hab' mit seinem Hemd gewinkt. Ich hab' mir gedacht, wenn ihr was ganz Großes seht, wißt ihr, daß alles völlig in Ordnung ist.«

»Wo können wir inzwischen unsere Badesachen und den Korb mit dem Essen hinstellen?« fragte Anne. »Wo ist es schön kühl?«

»Stell alles in meinen Wagen«, sagte Nobby und führte sie an einen Wohnwagen, der blau und gelb gestrichen war – mit roten Rädern. Die Kinder erinnerten sich, daß sie den schon gesehen hatten, als der Zirkus an ihrem Haus vorbeigezogen war.

Sie schauten hinein. Er war lange nicht so schön wie ihre fahrbaren Wohnungen. Einmal war er kleiner, und dann war auch nicht so blitzsauber aufgeräumt. Aber schließlich wütete hier auch keine fleißige Anne.

»Nicht so schön wie eure«, sagte Nobby. »Aber für meinen Onkel und mich reicht's. Also, was wollt ihr zuerst sehen? Den Elefanten, ja? Dann kommt!«

Sie gingen zu dem Baum, an den Old Lady, der Elefant, gebunden war. Das mächtige Tier schlang seinen Rüssel um Nobby und sah die Kinder aus seinen kleinen, klugen Augen an.

»Na, Old Lady«, begrüßte Nobby die Elefantendame. »Willst du baden?«

Der Elefant trompetete, daß die Kinder zusammenfuhren. »Ich hol' dich nachher«, versprach Nobby. »Jetzt aber hopp, hopp, hopp!«

Auf diese Worte hin schlang der Elefant seinen Rüssel fest um Nobbys Hüften, hob ihn hoch in die Luft und setzte ihn sanft auf seinen großen Kopf. Anne hielt vor Schreck die Luft an.

»Puh, tut das nicht weh, Nobby?«

»Aber nein!« Der Junge lachte. »Old Lady tut niemandem weh, nicht wahr, meine Dicke?«

Ein kleiner Mann kam heran. Er hatte Augen, die glänzten, als seien sie poliert worden, und lächelte freundlich. »Guten Morgen!« sagte er. »Na, wie gefällt euch meine Old Lady? Wollt ihr sie Tennis spielen sehen?«

»O ja!« riefen alle, und der kleine Mann holte einen Tennisschläger und hielt ihn Old Lady entgegen. Sie nahm ihn mit dem Rüssel und schwenkte ihn. Nobby rutschte schnell vom Kopf des Tieres auf den Boden.

»Ich spiele mit ihr, Harry«, sagte er und bekam von dem kleinen Mann einen Ball. Er warf ihn Old Lady zu, und sie traf ihn genau mit dem Schläger. Der Ball segelte über ihre Köpfe.

Julius holte den Ball. Er warf ihn dem Elefanten zu, und wieder traf das große Tier den Ball. Bald spielten alle Kinder mit der gutmütigen Old Lady, und es machte ihnen riesigen Spaß.

Im Nu tauchten auch ein paar Zirkuskinder auf, aber sie waren ängstlich wie die Kaninchen, wenn Georg oder Julius sie ansprachen, und versteckten sich sofort wieder in ihren Wagen. Sie hatten wunderschöne Augen und dichtes, lockiges Haar, das ihre Gesichter wie ein Kranz umgab.

Nobby ging Pongo holen, der in seinem Käfig hin und her sprang und ärgerliche Laute ausstieß, weil er glaubte, man hätte ihn vergessen. Er war begeistert, die Kinder wiederzusehen, und schlang die Arme sofort um Anne. Dann zog er Georg am Haar, versteckte das Gesicht in den Pfoten und sah ganz beschämt aus.

»Du Heuchler, du schämst dich ja gar nicht«, sagte Nobby. »Jetzt bleibst du aber bei mir, mein Lieber, oder ich stecke dich wieder in den Käfig, verstanden?«

Dann gingen sie zu den Hunden und ließen sie alle aus dem Zwinger. Es waren fast lauter kleine Hunde, hübsche, gut gepflegte Kerlchen, die an Nobby hochsprangen und einen dichten Knäuel um ihn bildeten. Sie schienen ihn sehr gern zu haben.

»Wollt ihr die Hunde Fußball spielen sehen?« fragte Nobby. »Beller – hol den Ball! Los – schnell!«

Der Hund sauste zu Nobbys Wagen. Die Tür war zu, aber das kluge kleine Tier stellte sich auf die Hinterpfoten und drückte den Griff mit der Nase herunter. Dann kam Beller

wieder aus dem Wagen und stieß mit der Nase einen Fußball vor sich her. Alle Hunde sprangen ihm mit Freudengeheul entgegen.

»Wauwau, Wauwau! Wau!« Sie jagten den Ball hin und her, während Nobbys gespreizte Beine das Tor darstellten.

Beller und Knurrer mußten Tore schießen, und die anderen Hunde sollten verteidigen. Es war lustig anzuschauen. Als Beller einmal ein Tor schoß, indem er sich auf den Ball stürzte und ihn mit aller Wucht zwischen Nobbys Beinen hindurchjagte, sprang Pongo in die Menge, schnappte den Ball und eilte davon.

»Foul! Foul!« rief Nobby, und alle Hunde rannten hinter dem listigen Schimpansen her. Dieser sprang auf das Dach eines Wagens, spielte dort mit dem Ball und grinste auf die wütenden Hunde hinunter.

»Das ist vielleicht eine komische Nummer«, sagte Anne und wischte sich die Tränen aus den Augen. »Mir tut alles weh vor Lachen.«

Nobby mußte auf das Wagendach klettern und den Ball holen. Pongo sprang auf der anderen Seite hinunter, den Ball aber hatte er vorher ordentlich auf den Schornstein gelegt. Man merkte, das bereitete ihm alles ungeheuren Spaß.

Dann gingen die Freunde zu den Pferden. Es waren wunderschöne Tiere. Ein schlanker, großer junger Mann ließ sie im Kreis herumlaufen, und sie gehorchten ihm aufs Wort.

»Darf ich Queen reiten, Roland?« fragte Nobby. »Bitte, ja?«

»Na schön«, sagte Roland, dessen schwarzes Haar wie das Fell der Pferde glänzte. Aber dann machte Nobby etwas, worüber die Kinder vor Staunen den Mund nicht mehr zubekamen. Er sprang auf ein großes schwarzes Pferd, stellte sich auf dessen Rücken und ritt so im Kreis herum.

»Er fällt doch!« rief Anne ängstlich. Aber Nobby fiel nicht. Dann stützte er sich plötzlich auf seine Hände und ritt Queen im Handstand.

»Gut! Gut!« rief Roland. »Du hast den Dreh raus! Reite jetzt Fuchs!«

Fuchs war ein kleines feuriges Pferd, dessen funkelnde Augen schon sein Temperament verrieten. Nobby rannte zu der Stute und schwang sich auf ihren Rücken. Sie stieg hoch, wieherte und versuchte ihn abzuwerfen. Aber da war nichts zu machen. Nobby hing an ihr wie eine Klette.

Schließlich wurde Fuchs die Sache leid, und sie begann im Kreis herumzulaufen. Sie galoppierte – und plötzlich blieb sie stocksteif stehen; sie glaubte, daß Nobby nun über ihren Kopf fliegen würde.

Aber der Junge war darauf gefaßt und warf sich sofort zurück. »Prima! Prima!« lobte Roland. »Bald geht sie unter dir wie 'ne Eins. Gut gemacht!«

»Mann, Nobby, du bist einsame Spitze!«

»So was möchte ich auch können!«

Der Junge glitt von Fuchs' Rücken und klopfte dem Pferd den Hals. Er war stolz, seinen neuen Freunden etwas zeigen zu können. »Das ist mir lieber als Bruchrechnen«, sagte er lachend. Dann drehte er sich um. »Wo ist der Schimpanse? Sicher stellt er wieder was an. Wir müssen ihn suchen.«

XII

Ein schöner Tag – und ein schlimmes Ende

Bald entdeckten sie Pongo. Er kam gerade hinter einem der Wagen hervor und schien mit sich selbst sehr zufrieden zu sein. Er ging zu Anne, stieß zärtliche Laute aus und streckte ihr die Pfote entgegen. Anne griff zu. Aber was hielt sie plötzlich in der Hand? Ein hartgekochtes Ei! »Nobby, er ist an unserem Korb gewesen!«

Tatsächlich. Zwei Eier und einige Tomaten waren verschwunden. Nobby versetzte dem Schimpansen einen Klaps und sperrte ihn wieder in den Käfig. Pongo war sehr traurig und stieß Töne aus, als weinte er; dabei verbarg er sein Gesicht in den großen Pfoten. Anne war ganz aufgeregt.

»Weint er wirklich? Du mußt ihm verzeihen, Nobby. Er weiß ja gar nicht, daß er ungezogen war.«

»Er weint nicht – er tut nur so«, erwiderte Nobby. »Und außerdem weiß er genau, daß er etwas Verbotenes getan hat. Ich kenne den Schlingel doch.«

Über dem Spielen mit den Zirkustieren verging der Vormittag. Noch bevor die Kinder die übrigen Affen hatten besichtigen können, war es Zeit zum Mittagessen. »Wir gehen nachher zu ihnen«, versprach Nobby. »Wir wollen erst einmal etwas essen. Kommt, wir gehen dazu hinunter an den See.«

Zu ihrer Freude hatten die Kinder Tiger Dan und Lou überhaupt noch nicht gesehen. »Wo sind sie?« fragte Julius. »Etwa den ganzen Tag fort?«

»Ja, Gott sei Dank«, sagte Nobby. »Wieder einmal auf einem ihrer geheimnisvollen Ausflüge. Wenn wir unterwegs sind und von Ort zu Ort ziehen, verschwindet mein Onkel manchmal mitten in der Nacht. Ich werde munter – und er ist nicht da.«

»Wo geht er denn hin?« fragte Georg.

»Keine Ahnung. Und ich werd' mich hüten, ihn zu fragen«, sagte Nobby. »Auf jeden Fall sind er und Lou uns heute nicht im Weg. Ich denke, sie kommen nicht vor heute abend zurück.«

Sie saßen am See. Er glitzerte zu ihren Füßen, ruhig und blau, und sah sehr einladend aus.

»Wie wäre es mit einem Bad?« meinte Richard, als sie so viel gegessen hatten, wie sie nur konnten. Julius sah auf die Uhr.

»Du kannst doch nicht gleich nach dem Essen schwimmen«, sagte er. »Das weißt du doch, du Blödmann. Wir müssen mindestens noch eine halbe Stunde warten.«

»Du hast ja recht, wie immer«, gab Richard zu und legte sich hin. »Ich halte jetzt Mittagsschlaf, oder wollen wir gleich zu den Affen gehen?«

Sie blieben alle noch eine Weile faul liegen, standen dann auf und gingen zu den Affen. Als sie ins Lager zurückkamen, wimmelte es von Leuten, die alle aufgeregt durcheinanderschrien.

»Was ist los?« wunderte sich Nobby. »Du meine Güte, die Affen sind los!«

Wohin sie auch blickten, überall sahen die Kinder kleine braune Affen, die auf den Dächern von Wagen und Zelten fröhlich vor sich hinschnatterten.

Eine Frau mit stark gebräuntem Gesicht und harten Augen kam auf Nobby zu. Sie nahm ihn bei den Schultern und schüttelte ihn. »Da schau, was dein Schimpanse wieder angestellt hat!« sagte sie. »Du hast den Käfig nicht ordentlich verschlossen. Pongo ist rausgekommen und hat alle Affen freigelassen. Paß besser auf den Kerl auf, ich nehme den Besenstiel, wenn ich ihn erwische.«

»Wo ist denn Lucilla?« fragte Nobby und wich einen Schritt von der verärgerten Frau zurück. »Kann sie denn nicht helfen?«

»Lucilla ist fort, schon den ganzen Morgen«, schimpfte die Frau. »Wird die sich freuen, wenn sie zurückkommt!«

»Ach, macht doch keinen solchen Affenzirkus!« meinte Nobby gelassen. »Denen passiert schon nichts. Die warten schön brav auf Lucilla!«

»Wer ist Lucilla?« fragte Anne, der das Zirkusleben immer aufregender vorkam.

»Ihr gehören die Affen«, erklärte Nobby. »Ah, da kommt sie! Jetzt ist alles in Ordnung!«

Eine kleine verrunzelte Frau schlurfte auf das Lager zu. Sie sieht selbst fast wie ein Affe aus, dachte Anne bei sich. Ihre Augen waren klar und scharf, und ihre kleinen Hände hielten einen roten Schal umklammert.

»Deine Affen sind los!« schrien die Zirkuskinder. »Lucilla! Deine Affen sind los!«

Lucilla hörte den Lärm, begann kreischend zu schimpfen und blaffte jeden an, den sie nur erblicken konnte. Dann stand sie still und streckte ihre Arme aus. Sie sprach einige leise Worte in einer Sprache, welche die Kinder nicht kannten – Zauberworte, wie Anne später behauptete.

Einer nach dem anderen kamen die umherstrolchenden Affen zu ihr, schwangen sich von den Wagendächern und gaben zur Begrüßung leise, zärtliche Laute voller Liebe von sich. Sie sprangen auf Lucillas Schultern und Arme, schmiegten sich an sie, wie kleine braune Kinder. Keiner blieb zurück – alle gingen wie von einem geheimen Zauber gezogen zu Lucilla.

Sie ging langsam auf den Käfig zu. Alle beobachteten sie schweigend. »Sie ist nicht ganz richtig im Kopf«, sagte die Frau mit dem braunen Gesicht zu den Kindern. »Sie mag niemand außer ihren Affen – und niemand mag sie. Und du paß auf, daß sie deinem Schimpansen nichts tut, weil er ihre kostbaren Affen freigelassen hat.«

»Ich nehme ihn und Old Lady mit hinunter zum Baden«, sagte Nobby hastig. »Bis wir zurück sind, hat Lucilla alles vergessen.«

Sie holten Old Lady und stöberten Pongo auf, der sich unter einem Wagen versteckt hatte. So schnell wie möglich liefen sie zum See, auch Old Lady schritt flott aus, denn sie freute sich auf das Bad.

»So was kommt wohl öfters in einem Zirkus vor«, meinte Anne. »Es ist hier gar nicht wie im wirklichen Leben.«

»Nein?« fragte Nobby überrascht. »Für *mich* ist dies das wirkliche Leben, und die Schule ist wie'n Alptraum.«

Es war kühl im Wasser, und das Schwimmen und Toben machte ihnen großen Spaß. Pongo ging nicht sehr weit hinein, spritzte aber jeden naß, der in seine Reichweite kam, und lachte und zeterte laut. Er erschreckte Old Lady, indem er auf ihren Rücken sprang und sie an einem ihrer großen Ohren zog.

Sie tauchte ihren Rüssel in den See, sog ihn ganz voll Wasser, hob ihn empor und spritzte alles Wasser auf den entsetzten Schimpansen. Die Kinder brüllten vor Lachen, besonders, als sie sahen, wie Pongo vor Schreck von Old Ladys Rücken fiel. Platsch! Er fiel ins Wasser und wurde klitschnaß – und gerade das haßte er wie die Pest.

»Geschieht dir recht, alter Schlingel!« rief Nobby. »He! Old Lady! Hörst du auf! Spritz mich nicht auch an!«

Der Elefant, der an der Spritzerei sichtlich seinen Spaß hatte, dachte gar nicht daran, aufzuhören. Die Kinder mußten in gebührender Entfernung bleiben, denn er zielte sehr gut.

»Noch nie in meinem Leben habe ich so viel Spaß gehabt!« meinte Anne beim Abtrocknen. »Ich werde die ganze Nacht von Affen, Elefanten, Pferden, Hunden und Schimpansen träumen.«

Vor lauter guter Laune schlug Nobby gleich zwanzigmal Rad am Seeufer, und plötzlich macht es ihm Pongo nach. Er konnte es sogar noch besser als Nobby. Anne versuchte es ebenfalls – und fiel gleich hin.

Sie gingen ins Lager zurück. »Tut mir leid, daß ich euch nichts anbieten kann«, sagte Nobby, »aber Teetrinken am Nachmittag, so was gibt's hier nicht. Dazu hat keiner Zeit. Außerdem habe ich noch gar keinen Hunger. Ihr etwa?«

Keiner hatte Appetit. Sie holten Frau Macks selbstgemachte Süßigkeiten hervor und gaben etwas davon Pongo. Es klebte ihm an den Zähnen fest, und er sah ganz verzweifelt aus, als er merkte, daß er seinen Mund nicht mehr öffnen konnte. Die Kinder bogen sich vor Lachen.

Er setzte sich hin, schwankte hin und her und begann erbärmlich zu stöhnen. Aber bald zerfloß der Zucker, und er fand heraus, daß sein Mund wieder aufging. Er schluckte den Rest geräuschvoll herunter, wollte aber dann nichts mehr.

Sie liefen noch einige Zeit herum und sahen sich die einzelnen Wagen an. Niemand beachtete die Kinder. Sie waren einfach Nobbys neue Freunde. Einige der kleineren Kinder schauten neugierig aus einem Fenster, und ein kleiner Junge streckte ihnen die Zunge heraus. Richard machte es ebenso, da grinste der Kleine.

Sie gelangten dorthin, wo die großen Wagen standen, beladen mit Zirkusgerät. »Das laden wir nicht erst ab, wenn wir in einem Lager wie hier sind«, erklärte Nobby. »Wir brauchen es hier nicht. Wenn wir Vorstellung haben, muß ich immer mit abladen. Ich muß helfen die Bänke in dem großen Zelt aufzustellen. Ich kann euch sagen – da gibt's zu tun.«

»Was ist hier drinnen?« fragte Anne, als sie an einen mit einer dicken Leinwandplane verhängten Wagen kamen.

»Weiß nicht«, erwiderte Nobby. »Der Wagen gehört meinem Onkel. Den darf ich nie abladen. Ich hab' keine Ahnung, was er drinnen aufbewahrt. Ich hab' schon gedacht, daß es vielleicht Sachen sind, die meinen Eltern gehört haben. Einmal hab' ich versucht hineinzuschauen, aber mein Onkel hat mich erwischt und halb totgeschlagen.«

»Aber wenn die Sachen deinen Eltern gehört haben, dann gehören sie jetzt doch dir«, sagte Georg.

»Ist überhaupt so 'ne komische Sache, manchmal ist der Wagen gerammelt voll«, sagte Nobby, »und dann wieder nicht. Vielleicht packt Lou einige seiner Sachen noch dazu.«

»Ja, im Augenblick könnte niemand noch etwas da hineinpacken«, meinte Julius. »Er ist ja gestopft voll.«

Der kleine Wagen war weiter nicht besonders interessant, und Nobby zeigte seinen Freunden noch einige Zirkusgeräte, die glänzenden Ständer für das Drahtseil, mit Goldbronze angestrichene Tische und buntlackierte Stühle, worauf sich die Hunde während der Vorstellung setzten, und was sonst noch zum Zirkus gehört.

»Hat irgend jemand 'ne Ahnung, wie spät es ist?« unterbrach Julius plötzlich. »Ist es nicht Zeit heimzugehen? Meine Uhr ist stehengeblieben. Wie spät ist es denn?«

»Du meine Güte!« rief Richard und schaute auf seine Uhr. »Es ist spät. Sieben Uhr. Kein Wunder, daß mein Magen knurrt. Wir müssen zurück. Gehst du mit, Nobby? Du kannst oben mit zu Abend essen. Du findest doch sicher auch im Dunkeln heim?«

»Ich nehme Pongo mit und Beller und Knurrer«, sagte

Nobby, erfreut über die Einladung. »Wenn *ich* den Weg verfehlen sollte – *sie* finden ihn bestimmt.«

So stiegen sie jetzt den Berg hinauf, müde von dem langen und aufregenden Tag. Anne begann in Gedanken das Abendessen zu bereiten. Schinken, Tomaten und etwas Stachelbeermarmelade zum Nachtisch.

Tim bellte aufgeregt, als sie in die Nähe der Wagen kamen. Er bellte unaufhörlich – laut und fordernd.

»Es klingt ganz ärgerlich«, stellte Richard fest. »Armer Tim! Er hat sicher gedacht, wir hätten ihn vergessen.«

Sie kamen an die Wagen, und Tim stürzte sich auf Georg, als habe er sie jahrelang nicht gesehen. Er stieg an ihr hoch, wollte ihr das Gesicht lecken, wedelte wie verrückt mit dem Schwanz und stieß hohe, sich überschlagende, klagende Töne aus.

Beller und Knurrer freuten sich auch, ihn wiederzusehen, und was Pongo betraf – der war ganz aus dem Häuschen. Er schüttelte Tims Schwanz mehrere Male und war enttäuscht, daß der Hund ihn gar nicht beachtete.

»Was ist denn das? Woran nagt denn Beller?« rief plötzlich Richard. »Rohes Fleisch! Wo kommt das denn her? War vielleicht der Bauer hier und hat Tim etwas gebracht? Warum hat er es aber dann nicht genommen?«

Sie sahen alle Beller zu, der etwas kaute, das auf dem Boden lag. Knurrer rannte auch darauf zu. Aber Tim wollte es nicht anrühren. Auch Pongo nicht. Tim kniff sogar den Schwanz ein, und Pongo verbarg sein Gesicht in den Pfoten.

»Eigenartig«, sagten die Kinder, beunruhigt wegen des Verhaltens der Tiere. Plötzlich begriffen sie! Der kleine Hund jaulte auf, winselte auf einmal fürchterlich, ein Zittern durchlief seinen Körper, dann fiel er auf die Seite.

»Um Gottes willen, es ist vergiftet!« schrie Nobby und schleuderte Knurrer mit einem Fußtritt vom Fleisch weg.

Er nahm Beller hoch, und die Kinder sahen zu ihrem Entsetzen, daß Nobby weinte.

»Es ist aus mit ihm«, schluchzte der Junge. »Armer alter Beller.«

Mit dem Tier auf dem Arm und Knurrer und Pongo im Schlepptau trottete Nobby den Berg hinab, ohne sich noch einmal umzusehen. Keiner verspürte Lust, ihm zu folgen. Vergiftetes Fleisch! Wie schrecklich!

XIII

Julius hat einen Plan

Georg zitterte. Die Beine sackten ihr unter dem Körper weg, und sie sank auf den Felsen. Sie legte die Arme um Timotheus.

»Oh, Tim! Das Fleisch war für dich bestimmt. Gott sei Dank, Gott sei Dank warst du so schlau, es nicht anzurühren. Tim, du wärst vergiftet worden!«

Tim leckte seine Herrin zärtlich. Die anderen standen um ihn herum, starrten vor sich hin und wußten nicht, was sie von alldem halten sollten. Armer Beller! Würde er sterben? Und wenn es nun Tim gewesen wäre? Sie hatten ihn allein gelassen, er hätte das Fleisch fressen können und wäre daran gestorben.

»Niemals, niemals wieder lasse ich dich hier oben allein«, sagte Georg.

»Wer, meint ihr, hat das Fleisch hingeworfen?« fragte Anne.

»Wer schon?« fuhr Georg sie wütend an. »Lou und Tiger Dan natürlich.«

»Sie wollen uns von hier verjagen, das ist jetzt klar«, stellte Julius fest. »Aber warum nur?«

»Oder sie wollen aus irgendeinem Grund Tim aus dem Weg räumen«, meinte Richard. »Warum?«

»Der Platz hier muß ein Geheimnis bergen. Warum sonst wollen die Männer uns unbedingt loswerden?« sagte Julius. »Sie sind richtige Verbrecher. Der arme Nobby! Was für ein schreckliches Leben mit denen zusammen. Und jetzt haben sie ihm seinen Hund vergiftet.«

Niemand verspürte Lust, etwas zu essen. Welch schreckliches Ende eines so schönen Tages!

Sie gingen alle früh schlafen, und niemand widersprach, als Julius anordnete, die Türen beider Wagen von innen zu verschließen. »Nicht, daß ich damit rechne, Lou oder Tiger Dan könnten heute nacht noch mal kommen«, sagte er. »Aber man kann nie wissen.«

Ob sie dagewesen waren oder nicht, erfuhren die Kinder nie. Tim begann zwar mitten in der Nacht wie wild zu bellen und an der Tür von Georgs Wagen zu kratzen; als Julius aber seine Wagentür öffnete und mit der Taschenlampe leuchtete, war nichts zu sehen.

Tim bellte dann auch nicht mehr. Er lag ganz still, das eine Ohr gespitzt. Julius wachte im Bett und grübelte. Wahrscheinlich waren Lou und Tiger Dan in der Dunkelheit angeschlichen gekommen, in der Hoffnung, Tim habe das Fleisch gefressen und sei tot. Als sie ihn aber bellen hörten, wußten sie, daß ihr Plan nicht funktioniert hatte, und schlichen zurück. Was würden sie als nächstes aushecken?

»Da steckt irgend etwas dahinter«, murmelte Julius immer wieder vor sich hin. »Was kann das nur sein? Warum wollen sie uns gerade von hier weghaben?«

Er fand keine Lösung. Schließlich schlief er mit einem noch unbestimmten Plan ein. Er wollte ihn den anderen am nächsten Morgen unterbreiten. Wenn er vielleicht Lou und Dan vortäuschen konnte, sie seien alle – mit Tim – für einen Tag fortgefahren, während er, Julius, sich in Wirklichkeit hier irgendwo verbarg, vielleicht konnte er dann herausbekommen, was die beiden wollten, wenn sie...

Mitten im Nachdenken über seinen Plan schlief der Junge ein. Wie die anderen träumte er von Elefanten, die ihn mit Wasser bespritzten, von Pongo, der die Affen jagte, von Hunden, die Fußball spielten – und dann von großen Klumpen vergifteten Fleischs. Ein Alptraum!

Anne schreckte hoch, weil sie geträumt hatte, jemand hätte Gift in die hartgekochten Eier getan, die sie gerade essen wollten. Sie lag zitternd auf ihrem Bett und rief Georg mit leiser Stimme:

»Georg! Ich hab' einen furchtbaren Traum gehabt.«

Georg erwachte, und auch Tim streckte sich. Georg knipste ihre Taschenlampe an.

»Ich hab' auch scheußlich geträumt«, sagte sie. »Diese Männer waren hinter Tim her. Ich lasse ein bißchen die Taschenlampe an, und wir unterhalten uns. Nach all den Aufregungen ist es kein Wunder, daß wir so schlimme Dinge träumen.«

Tim gähnte und kratzte sich.

»Laß das!« sagte Georg. »Der ganze Wagen wackelt, wenn du das tust. Hörst du auf!«

Der Hund seufzte und streckte sich wieder hin. Er legte den Kopf auf die Pfoten und sah Georg an, als wolle er sagen: »Mach die Lampe aus! Ich will schlafen.«

Der nächste Morgen war nicht so warm und der Himmel bewölkt. Die Stimmung war gedrückt, denn sie mußten dauernd an Nobby und den armen Beller denken. Fast schweigend aßen sie ihr Frühstück. Anne und Georg sammelten die Teller, um sie an der Quelle zu spülen.

»Heute geh' *ich* zum Bauern«, schlug Julius vor. »Richard, du setzt dich mit dem Fernglas auf den Felsen. Wir wollen einmal sehen, ob Nobby im Boot hinausfährt und winkt. Ich hab' so eine Ahnung, daß er uns heute nicht im Lager haben will. Wenn er seinen Onkel und Lou im Verdacht hat, das vergiftete Fleisch ausgelegt zu haben, hat es bestimmt einen fürchterlichen Auftritt gegeben.«

Julius ging mit den beiden leeren Körben zum Bauernhof.

Frau Mack hatte ihn erwartet, und wieder kaufte er eine ganze Menge ein. Ihr Geschenk war diesmal ein runder Kuchen, der noch warm war.

»Kommen die Zirkusleute oft zum Einkaufen hier herauf?« fragte Julius beim Bezahlen.

»Manchmal«, sagte Frau Mack. »Die Frauen und Kinder sind recht nett, mit denen gibt's nie Ärger, aber die Männer kann ich nicht leiden. Zwei haben sich voriges Jahr so oft hier oben herumgetrieben, daß sie mein Mann verjagen mußte.«

Julius spitzte die Ohren. »Zwei Männer? Wie haben die denn ausgesehen?«

»Widerlich«, erklärte Frau Mack. »Und der eine hatte die gelbsten Zähne, die ich je gesehen habe. Alle beide waren immer schlecht gelaunt. Nachts sind sie sogar raufgekommen, und wir haben Angst um unsere Hühner gehabt. Sie haben zwar geschworen, sie hätten's nicht auf die Hühner abgesehen, aber was haben die sonst in der Nacht hier oben verloren?«

»Keine Ahnung«, sagte Julius. Er war sicher, daß die beiden Männer Lou und Tiger Dan waren. Weshalb schlichen sie nur nachts hier oben herum?

Er ging mit den Lebensmitteln zurück. Als er in die Nähe des Lagerplatzes kam, rief ihm Richard aufgeregt zu:

»He! Julius! Komm und schau durchs Glas! Nobby ist mit Pongo im Boot draußen, und ich kann nicht erkennen, womit sie winken.«

Julius nahm das Glas vor die Augen. Weit unten am Fuß des Berges trieb Nobbys kleines Boot auf dem See. Darin saß Nobby, und bei ihm war Pongo. Beide winkten mit einem leuchtendroten Gegenstand.

»Ich kann auch nicht sehen, was es ist, aber das macht nichts«, sagte Julius. »Hauptsache, es ist rot, nicht weiß. Rot bedeutet Gefahr. Er warnt uns.«

»Na klar, daran hab' ich nicht gedacht. Bin ich blöd!« Richard schlug sich vor den Kopf. »Klar, rot heißt Gefahr. Was ist nur los?«

»Also, wir gehen heute besser nicht hinunter ins Lager«, erklärte Julius. »Und fest steht auch, daß die Gefahr sehr groß ist, denn es winkt auch Pongo, doppelte Gefahr also!«

»Mann, Julius, du bist ja ein richtig schlaues Kerlchen«, staunte Georg, die zugehört hatte. »Und wir zerbrechen uns schon die ganze Zeit den Kopf darüber. Doppelte Gefahr? Was heißt das wieder?«

»Vielleicht bedeutet es Gefahr im Lager und Gefahr hier oben«, sagte Julius nachdenklich. »Hoffentlich ist bei Nobby alles in Ordnung. Tiger Dan ist so gemein zu ihm. Er hat ihn bestimmt wieder verdroschen.«

»Nobby wird froh sein, wenn die Ferien zu Ende sind«, meinte Richard.

»Sagt Anne nichts davon, daß doppelte Gefahr droht«, flüsterte Julius, der Anne gerade von der Quelle kommen sah. »Sie hat sonst Angst. Sie hat auf Ferien ohne Abenteuer gehofft, und nun scheinen wir wieder mitten in eins hineingerutscht zu sein. Ich halte es wirklich für besser, hier zu verschwinden und woanders hinzufahren.«

Aber er war selbst nur mit halbem Herzen bei diesem Vorschlag, weil er darauf brannte, das Geheimnis zu lüften. Die anderen protestierten sofort heftig.

»Kommt ja überhaupt nicht in Frage! Jetzt erst recht nicht! Sei kein Feigling, Julius!«

»Ich will nicht weg. Tim auch nicht.«

»Pst! Still!« sagte Julius. »Anne kommt.«

Sie schwiegen, Julius beobachtete Nobby noch eine Weile durchs Glas. Er sah, wie der Junge mit dem Schimpansen zum Ufer ruderte und verschwand. Als sie alle zusammen auf dem Felsen saßen, erklärte ihnen Julius den Plan, den er sich in der vergangenen Nacht überlegt hatte.

»Ich möchte gern herausfinden, was an diesem Platz Lou und Dan anzieht«, fing er an. »Angenommen wir vier marschieren zusammen mit Tim am Lager vorbei und rufen Nobby laut zu, daß wir alle den ganzen Tag über weg sind. Wir müssen betonen, daß wir alle gehen! Vielleicht kommen Lou und Dan dann hier herauf. Und wenn ich mich hier verstecke, könnte ich sehen, was sie vorhaben.«

»In Wirklichkeit gehen also nur drei, du schleichst

dich zurück und versteckst dich«, sagte Richard. »Prima Plan.«

»Laß dich um Gottes willen aber nicht erwischen«, sagte Georg. »Du hast dann nämlich keinen Tim. Die Männer machen Hackfleisch aus dir.«

»Da werden sie aber Pech haben«, sagte Julius grimmig. »Du kannst dich darauf verlassen, ich verstecke mich gut.«

»Der Plan könnte funktionieren. Wollen wir jetzt nicht mal ein bißchen rumstöbern und schauen, ob wir eine Höhle oder sonst irgendwas entdecken, was die Männer hier so interessant finden?« meinte Richard. »Wär' doch gelacht, wenn wir da nicht fündig werden. So schlau wie die sind wir noch lange!«

»Wir wissen doch gar nicht, ob es eine Höhle ist«, gab Julius zu bedenken. »Wir haben keine Ahnung, was sie hier herauflockt. Frau Mack sagt, die haben sich schon voriges Jahr dauernd hier rumgetrieben, bis der Bauer sie verjagt hat. Sie glaubt, die hätten's auf ihre Hühner abgesehen gehabt, aber das bezweifle ich. Es muß einen anderen Grund haben, warum sie uns forthaben wollen.«

»Sehen wir uns einmal um«, sagte Georg, die plötzlich ganz erregt war. »Ich bin wieder ganz auf Abenteuer eingestellt.«

»Ach!« sagte Anne nur. Aber sie mußte zugeben, auch sie war gespannt. Sie standen alle auf, und Tim folgte ihnen schwanzwedelnd. Er war froh, daß seine Freunde nicht auch an diesem Morgen fortgingen und ihn zum »Aufpassen« zurückließen.

»Wir gehen in verschiedene Richtungen«, ordnete Julius an. »Hinauf, hinunter und nach den Seiten. Ich gehe hinauf.«

Sie trennten sich. Georg und Tim blieben natürlich zusammen. Tim steckte seine Nase in jedes Kaninchenloch und war sehr beschäftigt.

Nach einer Stunde hörten sie Julius rufen. Sie rannten in der Erwartung zu den Wagen, daß er etwas entdeckt habe.

Aber das war nicht der Fall. Er hatte nur keine Lust mehr, weiter herumzusuchen, und hatte aufgegeben. Er schüttelte den Kopf, als sie mit der Frage auf ihn zustürzten, was er denn gefunden habe.

»Nichts«, sagte er. »Mir langt's. Hier ist sicherlich keine Höhle. Hat sonst jemand etwas entdeckt?«

»Nichts«, erwiderten alle enttäuscht. »Was nun?«

»Wir gehen nach unserem Plan vor«, erwiderte Julius sofort. »Sollen uns doch die Männer selbst auf die richtige Spur führen. Wir spazieren jetzt am Lager vorbei und rufen Nobby zu, daß wir für heute fortgehen – und dann wollen wir hoffen, daß Lou und Tiger Dan anbeißen.«

XIV

Ein ausgezeichnetes Versteck

Zusammen mit Tim machten sie sich auf den Weg. Julius gab Richard einige Anweisungen. »Eßt im Dorf«, sagte er. »Bleibt den ganzen Tag weg, damit die Männer auch wirklich Zeit und Gelegenheit finden, sich da oben auszutoben. Geht aufs Postamt und schaut, ob Briefe für uns da sind, und kauft Obst und ein paar Konserven, Würstchen oder Pastete oder so was. Das wär' mal eine nette Abwechslung.«

»Zu Befehl, Herr General!« antwortete Richard. »Und sei du nur vorsichtig, alter Junge. Diese Kerle schrecken vor nichts zurück, es sind richtige Bestien.«

Sie waren inzwischen am Fuß des Berges angelangt. Sie konnten bereits die Hunde im Zirkuslager bellen und Old Lady schrill trompeten hören.

Sie sahen sich nach Nobby um. Er war nirgends zu erblikken. Wie dumm!

Niemand getraute sich ins Lager. Julius dachte an die beiden roten Tücher, die Nobby und Pongo geschwenkt hatten. Doppelte Gefahr! Nein, es war nicht klug, an diesem Morgen ins Lager zu gehen. Er schrie, so laut er konnte: »Nobby! Nobby!«

Nichts, keine Antwort, kein Nobby. Der Elefantenwärter aber hörte Julius und kam heran. »Willst du zu Nobby?« fragte er. »Warte, ich schau' mal nach.«

»Danke«, sagte Julius. Der kleine Mann ging pfeifend

fort. Bald kroch Nobby hinter einem Wagen hervor. Er sah ganz verängstigt aus. Er näherte sich den Kindern auch gar nicht, sondern blieb dicht beim Wagen.

»Nobby! Wir gehen heute den ganzen Tag ins Dorf!« rief Julius, so laut er konnte. »Wir...«

Tiger Dan tauchte plötzlich hinter Nobby auf und packte ihn heftig am Arm. Nobby hob die Hand, um sein Gesicht vor Schlägen zu schützen. Julius rief wieder:

»Wir gehen ins Dorf, Nobby! Vor Abend sind wir nicht zurück. Kannst du mich verstehen? Wir sind den ganzen Tag fort!«

Das ganze Lager mußte es gehört haben. Auf jeden Fall aber Tiger Dan...

Nobby versuchte, sich vom Arm seines Onkels loszureißen und etwas zurückzurufen. Aber Dan hielt Nobby den Mund zu, zerrte den Jungen mit sich und schüttelte ihn dabei wie ein Hund eine Ratte.

»Wie geht's Beller?« schrie Julius. Aber Nobby war verschwunden. Dan hatte ihn in seinen Wagen gedrängt. Der Elefantenwärter hatte die Frage aber gehört.

»Um Beller steht's schlimm«, sagte er. »Er ist noch nicht tot. Aber fast. Noch nie in meinem Leben hab' ich einen so kranken Hund gesehen. Der arme Nobby!«

Die Kinder machten, daß sie wegkamen. Georg mußte Tim die ganze Zeit am Halsband halten, denn seit er Dan gesehen hatte, knurrte er unaufhörlich und wollte von Georg weg.

»Gott sei Dank ist Beller nicht tot«, meinte Anne. »Hoffentlich schafft er's.«

»Hoffentlich. So Mischlingshunde sind ja recht robust«, sagte Julius. »Es muß furchtbar viel Gift in dem Fleisch gewesen sein. Armer Nobby! Wie schrecklich, einem solchen Grobian wie Tiger Dan ausgeliefert zu sein.«

»Ich kann ihn mir einfach nicht als Clown vorstellen –

Tiger Dan meine ich«, bemerkte Anne. »Clowns sind doch immer so lustig und heiter.«

»Ja, aber das ist nur Spiel«, erklärte Richard. »Ein Clown kann in der Manege ganz anders sein als draußen. Wenn du Fotografien von Clowns im Alltagsleben siehst, so haben sie oft traurige Gesichter.«

»Ja, aber Tiger Dan hat kein trauriges Gesicht. Sein Gesicht ist häßlich und bös, richtig abscheulich«, widersprach Anne heftig und schnitt in ihrem Zorn selbst ein grimmiges Gesicht.

Darüber mußten die anderen lachen. Richard drehte sich um und wollte sehen, ob jemand auf dem Weg zur Omnibushaltestelle auf sie aufpaßte.

»Lou beobachtet uns«, verkündete er plötzlich. »Okay, soll er nur, wenn's ihm Spaß macht. Kann er von dort aus die Haltestelle sehen, Julius?«

Julius drehte sich unauffällig um. »Ja. Er kann uns einsteigen sehen, ich muß also eine Station mitfahren. Irgendwie werde ich von dort aus schon einen Weg den Berg hinauf finden.«

»Na, wenn die wüßten«, sagte Richard und freute sich diebisch darüber, wie Julius den alten Gauner hinters Licht führen wollte. »Los! Da ist der Bus. Wir müssen rennen.«

Sie erreichten den Omnibus und stiegen alle ein. Lou stand noch immer auf seinem Beobachtungsposten. Richard fühlte sich versucht, ihm herzlich zuzuwinken, unterließ es dann aber doch.

Sie lösten drei Fahrscheine bis zum Dorf und einen bis zur nächsten Haltestelle. Tim erhielt auch einen Fahrschein, den er stolz an seinem Halsband trug. Er fuhr gern Omnibus.

Julius stieg an der nächsten Haltestelle aus. »Also, bis heute abend«, sagte er. »Schickt Tim voraus, wenn ihr in die

Nähe der Wagen kommt. Vielleicht sind die Männer gerade da, und ich kann euch nicht warnen.«

»Geht in Ordnung!« sagte Richard. »Bis dann und toi, toi, toi!«

Julius winkte und ging zunächst die Straße zurück, die der Bus gefahren war. Er sah dann einen kleinen Weg den Berg hinaufführen und schlug ihn ein. Er führte ihn in die Nähe von Frau Macks Hof, so daß er sich schnell zurechtfinden konnte. Vorsichtig näherte er sich den Wagen, machte sich einige Brote und schnitt ein paar Stück Kuchen ab, die er mit in sein Versteck nehmen wollte. Vielleicht mußte er lange warten.

Jetzt, wo soll ich mich verstecken? überlegte sich der Junge. Es muß irgendwo sein, wo ich den Weg überblicken kann, damit ich die beiden kommen sehe. Und außerdem muß ich beobachten können, was sie unternehmen. Also wo?

Ein Baum? Nein, da stand keiner nah genug, sie waren auch alle zu dünn. Hinter einem Busch? Nein, die Männer konnten leicht um ihn herumgehen und den Lauscher entdecken. Vielleicht mitten in einem dicken Ginsterbusch? Ja, das war ein guter Gedanke!

Aber Julius gab ihn sehr schnell wieder auf, denn der Busch war viel zu stachelig. Er zerkratzte sich Arme und Beine.

»Quatsch!« sagte er. »Ich muß jetzt schnell etwas finden, oder die Männer sind hier, bevor ich mich versteckt habe.«

Und da kam ihm ein leuchtender Einfall. Natürlich! Das war *der* Platz!

Ich steige auf das Dach eines Wagens! dachte Julius. Niemand sieht mich dort, und niemand vermutet, daß ich dort bin. Ja, das ist prima. Ich kann den Weg gut überblicken und kann beobachten, wohin die Männer gehen.

Es war nicht leicht, auf das hohe Dach zu klettern. Julius

mußte ein Seil holen, eine Schlinge an einem Ende machen und sie um den Schornstein werfen, damit er hinaufklettern konnte.

Es gelang ihm auch, den Schornstein zu treffen, und nun hing das Seil fertig zum Hinaufsteigen an der einen Wagenwand. Er warf sein Päckchen mit Eßwaren auf das Dach und kletterte dann selbst hinauf. Er zog das Seil ein und rollte es neben sich zusammen.

Dann legte er sich flach hin. Jetzt konnte ihn bestimmt niemand von unten sehen. Allerdings, wenn die Männer weiter den Berg hinaufgingen und von dort auf die Wagen schauten, konnten sie ihn leicht bemerken. Damit mußte er also rechnen.

Er lag ganz still da, sah hinunter auf den See und auf den Weg, der den Berg hinaufführte. Er war froh, daß es kein heißer Sonnentag war, denn dann wäre er auf dem Dach gebraten worden. Hätte er nur an eine Flasche Wasser gedacht!

Von weit unten, wo das Zirkuslager war, sah er Rauchsäulen aufsteigen. Er entdeckte zwei Boote auf dem See, ein ganzes Stück draußen. Leute, die fischten, vermutete er. Zwei Kaninchen tauchten auf und spielten neben den Wagen.

Die Sonne schaute hinter den Wolken hervor, und zehn Minuten lang wurde es Julius unangenehm heiß. Dann verschwand sie wieder, und er fühlte sich gleich besser.

Plötzlich hörte er jemanden pfeifen und wurde starr vor Aufregung, aber es war nur ein Arbeiter vom Bauernhof, der in einiger Entfernung vorbeiging. Sein Pfeifen war weithin zu hören.

Es wurde Julius langweilig. Die Kaninchen zogen sich zurück, und noch nicht einmal ein Schmetterling gaukelte vorbei. Außer einer kleinen Meise, die in einem Busch ihr Liedchen sang, war kein Vogel zu sehen.

Plötzlich stieß das Vöglein einen Warnschrei aus und flog davon. Es war durch irgend etwas erschreckt worden.

Julius hörte jetzt auch ein Geräusch und richtete seine Augen auf den Weg, der den Berg heraufführte. Sein Herz begann zu klopfen. Da – er konnte zwei Männer erkennen. Waren es Lou und Tiger Dan?

Er wagte nicht den Kopf zu heben, als sie näher kamen, damit sie ihn nicht bemerkten. Aber er erkannte ihre Stimmen, als sie nahe genug waren.

Ja, es waren Lou und Tiger Dan. Ihre harten, kalten Stimmen, es gab keinen Zweifel.

»Keiner da. Die Bälger sind wirklich fort und haben den verflixten Köter mitgenommen!«

»Ich hab' dir doch gesagt, ich hab' sie alle in den Bus steigen sehen«, brummte Lou. »Heute ist hier endlich mal die Luft rein. Diese Mistbande hat uns gerade noch gefehlt. Wir können holen, was wir wollen.«

»Dann los«, gab Dan das Kommando. Julius wartete, wo sie hingingen. Aber sie verließen die Höhle nicht. Sie blieben anscheinend neben dem Wagen stehen. Der Junge wagte nicht, über den Dachrand zu schauen. Er war froh, daß alle Wagenfenster und -türen verschlossen waren.

Dann hörte er eigenartig scharrende Geräusche, und die Männer keuchten. Der Wagen, auf dem Julius lag, schwankte ein wenig.

Was tun die nur? überlegte Julius verwirrt. Vor Neugier rutschte er ganz an den Dachrand und schaute vorsichtig hinunter, obwohl er sich fest vorgenommen hatte, das nicht zu tun.

Er blickte nach unten. Dort war niemand. Vielleicht waren die Männer auf der anderen Seite. Er rutschte vorsichtig hinüber und sah dort hinunter, während der Wagen immer noch zitterte, als stießen die Männer dagegen.

Dort war auch niemand zu sehen. Wie eigenartig!

Na klar! Sie müssen *unter* dem Wagen sein! überlegte Julius, während er wieder in die Mitte des Daches rutschte. Darunter! Wozu denn das?

Es war ganz unmöglich, von seinem Platz aus unter den Wagen zu sehen, deshalb blieb ihm nichts anderes übrig, als ruhig liegenzubleiben und sich über das Verhalten der Männer zu wundern. Sie grunzten und stöhnten und schienen zu scharren und zu kratzen – aber nichts ereignete sich. Dann hörte Julius sie unten verärgert und enttäuscht schimpfen.

»Erst mal eine Zigarette!« sagte Lou keuchend. »Ich hab's jetzt satt. Wir müssen den Wagen wegschieben. Diese kleinen Gauner! Warum haben sie sich ausgerechnet diesen Platz ausgesucht?«

Julius hörte, wie ein Streichholz angerissen wurde, und roch den Zigarettenrauch. Und dann durchfuhr ihn ein Schreck. Der Wagen, auf dessen Dach er lag, begann sich zu bewegen! Himmel! Wollten ihn die Männer über den Felsen stoßen und den Abhang hinunterrollen lassen?

XV

Es geschieht einiges!

Julius bekam es plötzlich mit der Angst zu tun. Sollte er lieber vom Dach springen und davonlaufen? Wenn der Wagen den Berg hinunterstürzte! Aber zunächst rührte er sich nicht. Er klammerte sich an den Schornstein, während sich die Männer schwer gegen den Wagen stemmten.

Er rollte einige Meter bis an die Felsschwelle und blieb dann stehen. Julius fühlte, wie seine Stirn feucht wurde, und sah seine Hände zittern. Er schämte sich, daß er solche Angst hatte, aber er konnte es nicht ändern.

»He! Laß ihn nicht den Berg hinabrollen!« rief Lou aufgeregt, und Julius atmete erleichtert auf. Sie hatten also nicht vor, den Wagen auf diese Weise zu zerstören! Aber was konnte das sein? Julius zermarterte sein Gehirn und überlegte, wie der Boden der Höhle ausgesehen hatte, als Dobby und Trotter den Wagen hineingefahren hatten. Soweit er sich erinnern konnte, war es eine ganz gewöhnliche Höhle gewesen.

Die Männer scharrten jetzt an den Stufen des Wagens. Julius platzte bald vor Neugier, aber er wagte nicht einmal, sich zu bewegen. Er mußte das Geheimnis ergründen, wenn die Männer gegangen waren.

Inzwischen hieß es Geduld haben, oder er würde alles verderben.

Die Männer unterhielten sich im Flüsterton, Julius konnte kein Wort verstehen. Dann trat ganz plötzlich Stille ein. Kein Wort. Kein Stoß gegen den Wagen. Kein Keuchen. Nichts. Gar nichts!

Julius lag regungslos. Ob die Männer noch da waren? Julius wollte sich nicht verraten. Er wartete noch einige Zeit, aber er hörte nichts.

Dann sah er ein Rotkehlchen auf einen Busch in der Nähe fliegen. Es war das Rotkehlchen, das oft kam, wenn die Kinder aßen, aber es war nicht so zutraulich, wie Rotkehlchen sonst sind, und wäre nie auf den Boden geflogen, solange die Kinder noch in der Höhle waren.

Jetzt steckte auch ein Kaninchen den Kopf aus seinem Bau am Hang, kam heraus und hoppelte plötzlich in die Höhle.

Also, dachte Julius, sind die Männer jetzt nicht hier, denn sonst würden sich die Tiere nicht so sicher fühlen. Da, noch ein Kaninchen! Die Männer sind irgendwohin verschwunden, Gott weiß, wohin. Ich glaube, ich kann jetzt in aller Ruhe einmal hinunterschauen.

Julius robbte auf dem Bauch bis ans andere Ende des Wagens und schaute dort übers Dach. Er sah auf den Boden. Dort war nichts, aber auch überhaupt nichts, das ihm verraten konnte, was die Männer getan hatten oder wohin sie verschwunden waren. Das Heidekraut wuchs so üppig wie irgendwo sonst. Nirgends Anzeichen, wo die Männer so eifrig gearbeitet hatten.

Eigenartig, dachte Julius, der sich fragte, ob er vielleicht nur geträumt hatte. Die Männer sind auf jeden Fall fort, sie müssen sich in Luft aufgelöst haben. Ob ich es wagen kann, hinunterzusteigen und mich umzusehen? Nein! Sie können jeden Augenblick wieder erscheinen, und dann – wehe mir –, wenn sie mich hier sehen! Womöglich stoßen sie mich samt dem Wagen den Abhang hinunter. Gerade hier ist es verteufelt steil.

Nachdenklich lag der Junge da. Plötzlich verspürte er

Hunger und Durst. Er begann seine Brote zu verspeisen. Auch der Kuchen schmeckte prima. Er hatte außerdem ein paar Pflaumen mitgenommen und war nun sehr froh, auch etwas gegen den Durst zu haben. Er warf die Pflaumenkerne vom Dach, bis ihm einfiel, welche Dummheit er da beging.

Himmel! Was tue ich da? Wenn das die Männer sehen, fällt ihnen vielleicht auf, daß die Kerne vorher nicht dalagen. Na, die meisten sind ins Heidekraut gefallen! tröstete er sich.

Die Sonne kam wieder heraus, und Julius wurde es heiß. Er wünschte sich, die Männer würden wieder zum Vorschein kommen und dann endgültig den Berg hinab verschwinden. Er hatte es satt, auf dem Dach zu liegen. Es war vielleicht doch keine so gute Idee gewesen! Außerdem wurde er schläfrig. Er gähnte leise, schloß die Augen und schlief tatsächlich ein.

Er hatte keine Ahnung, wie lange er geschlafen hatte, aber plötzlich wurde er dadurch geweckt, daß sich der Wagen wieder bewegte. Er umklammerte rasch den Schornstein und lauschte auf die leisen Stimmen der Männer.

Sie zogen den Wagen an seinen alten Platz zurück. Dann roch Julius wieder Zigarettenqualm.

Vorsichtig spähte Julius über den Rand des Daches.

Die Männer setzten sich auf die Felsschwelle und holten Essen hervor, das sie mitgebracht hatten. Der Tiger Dan und Lou aßen und unterhielten sich leise, dann legten sie sich zu Julius' Entsetzen hin und schliefen. Er konnte sie schnarchen hören.

Ich werde wohl den ganzen Tag auf diesem fürchterlichen Dach bleiben müssen! dachte er. Ich bekomme noch Krämpfe, wenn ich lange so flach liegenbleibe.

»R-r-r-r-r!« schnarchten die Männer. Jetzt konnte er sich aufsetzen, denn Lou und Dan schliefen ganz fest.

Er sah auf die beiden Männer hinunter, die mit offenem Mund auf dem Rücken lagen. Neben ihnen lagen zwei prall gefüllte Säcke. Julius hätte gern gewußt, was darin war. Sie hatten sie nicht bei sich gehabt, als sie heraufgekommen waren.

Der Junge starrte den Abhang hinunter und versuchte das Rätsel zu lösen, plötzlich fuhr er heftig zusammen. Er wollte seinen Augen nicht trauen.

Ein plattes, braunes Gesicht lugte hinter einem dichten Busch hervor. Es hatte fast keine Nase, dafür einen riesigen Mund. Wer konnte das nur sein? Beobachtete jemand Lou und Dan? Aber was war das für ein Gesicht? Es hatte nichts Menschliches.

Jetzt tauchte eine Hand auf und rieb über das Gesicht, und Julius sah, daß sie behaart war. Entsetzt erkannte er, wem das Gesicht gehörte: Pongo, dem Schimpansen!

Pongo betrachtete Julius in aller Ruhe, und Julius starrte zurück. Seine Gedanken kreisten in tollem Wirbel. Was wollte Pongo hier? War Nobby in der Nähe? Dann war der Junge in Gefahr, denn jeden Augenblick konnten die Männer aufwachen. Julius wußte nicht, was er tun sollte. Wenn er Nobby eine Warnung zurief, wurden die Männer munter.

Dann erschien neben dem Schimpansen Nobbys Gesicht – von Tränen gezeichnet, rot und geschwollen. Er sah plötzlich Julius über den Dachrand blicken, und sein Mund blieb vor Überraschung offenstehen. Er schien rufen zu wollen, aber Julius schüttelte wie wild den Kopf, deutete nach unten, um Nobby zu warnen.

Aber dieser begriff nicht. Er grinste und begann zu Julius' Entsetzen den Abhang bis zur Felsenschwelle hinaufzuklettern. Dort schliefen die Männer, und Julius erkannte mit Schrecken, daß sich Nobby genau auf sie schwingen würde.

»Paß auf!« zischte er leise. »Paß auf, du Dummkopf!«

Aber es war zu spät. Nobby ließ sich auf den Felsen nieder

und fand sich plötzlich zu seinem Entsetzen quer auf Tiger Dan liegen. Er schrie auf und wollte ausreißen – aber Dan fuhr auf, seine Hand schoß vor, und schon hatte er Nobby geschnappt.

Lou wachte von dem Geräusch auf. Die beiden Männer starrten den armen Nobby an, und der Junge begann zu zittern und Entschuldigungen zu stammeln.

»Ich hab' keine Ahnung gehabt, daß ihr hier oben seid, ich schwör' es! Laßt mich los! Laßt mich los! Ich wollte nur mein Messer suchen, das ich gestern verloren hab'!«

Dan schüttelte ihn wild. »Wie lange bist du schon hier? Du hast uns nachspioniert?«

»Nein, nein! Ich bin gerade erst gekommen! Ich bin den ganzen Morgen im Lager gewesen, fragt Larry und Rossy. Ich hab' ihnen geholfen.«

»Du hast uns nachspioniert, du kleines Miststück«, sagte Lou mit kalter, erbarmungsloser Stimme, die Julius einen Schauer den Rücken hinunterlaufen ließ. »Du bist die Woche schon viel verprügelt worden, aber mir scheint, es war noch nicht genug. Nun, hier oben hört dich niemand schreien. Da kannst du mal erleben, was richtige Prügel sind. Und wenn du danach noch hinunter ins Lager laufen kannst, würde mich das sehr wundern.«

Nobby wand sich und versuchte, Dans Griff zu entkommen. Er bettelte um Erbarmen, versprach alles zu tun, was die Männer von ihm wollten, und versuchte, sein kleines, verschwollenes Gesicht vor Dan zu schützen.

Julius konnte es nicht länger aushalten. Er wollte nicht verraten, daß er die ganze Zeit hier auf der Lauer gelegen hatte, wollte aber auch nicht mit den beiden Männern kämpfen, denn er befürchtete das Schlimmste. Aber wer hätte ruhig zusehen können, wenn zwei Männer einen Jungen in solcher Weise mißhandelten. Er beschloß, vom Dach zu springen und Nobby zu Hilfe zu kommen.

Nobby stieß einen gellenden Schrei aus, als Lou ihm einen Schlag mit seinem Ledergürtel versetzte, aber bevor Julius zu Hilfe eilen konnte, tauchte jemand anderes auf. Dieser entblößte seine Zähne und keckerte zornig. Seine Arme waren viel stärker als die von Lou und Dan. Außerdem liebte er den armen Nobby und ließ nicht zu, daß sein Freund geschlagen wurde.

Es war Pongo. Der Schimpanse hatte alles beobachtet. Er hatte still hinter dem Busch gesteckt, denn auch er fürchtete sich vor Lou und Dan, jetzt aber, als er Nobbys Schreie hörte, kam er hervorgestürzt und ging auf die überraschten Männer los.

Er fiel zunächst Lou an. Dann biß er Dan ins Bein. Die Männer schrien laut, viel lauter, als zuvor der arme Nobby geschrien hatte. Lou holte mit dem Ledergürtel aus und traf Pongo an der Schulter. Der Schimpanse stieß einen schrillen Kampfschrei aus, sprang mit hoch erhobenen Armen auf Lou zu, umklammerte ihn und versuchte seine Kehle zu durchbeißen.

Wie gehetzt raste Dan den Abhang hinunter, in wahnsinniger Angst vor dem wütenden Schimpansen. Lou rief Nobby zu:

»Ruf ihn zurück! Er bringt mich um!«

»Pongo!« rief Nobby. »Hör auf! Pongo! Komm her!«

Pongo warf Nobby einen Blick voll größten Erstaunens zu und schüttelte den Kopf. Er fletschte die Zähne und kreischte.

Und nachdem er Lou noch einmal kräftig gebissen hatte, ließ der Schimpanse ihn los. Lou hinkte hinter Dan her, so schnell ihn seine Beine tragen konnten. Julius hörte ihn durch die Büsche brechen, als seien hundert Schimpansen hinter ihm her.

Nobby setzte sich zitternd ins Heidekraut. Pongo, der sich nicht sicher war, ob sein Freund böse auf ihn war oder nicht, schlich auf ihn zu und legte einen Arm auf das Knie des Jungen. Nobby schlang seinen Arm um das erregte Tier, und Pongo schnatterte laut vor Freude.

Jetzt rutschte Julius vom Dach des Wagens und ging zu Nobby. Er setzte sich neben den zitternden Jungen.

»Ich wollte dir gerade zu Hilfe kommen, aber Pongo hat das besser gemacht«, sagte er.

»Danke«, sagte Nobby, und sein Gesicht leuchtete auf. »Jetzt hab' ich zwei Freunde.«

Und Julius war stolz darauf, mit dem Schimpansen in einem Atemzug genannt zu werden.

XVI

Eine erstaunliche Entdeckung

»Horch, da kommt jemand!« flüsterte Nobby, und Pongo wiegte den Kopf hin und her und fletschte die Zähne. Man hörte Stimmen auf dem Weg, der von unten heraufführte. Dann bellte ein Hund.

»Alles in Ordnung. Es sind Tim und die anderen«, beruhigte ihn Julius, der selbst heilfroh war, seine Freunde wieder bei sich zu haben. Er stand auf und rief:

»Kommt nur. Die Luft ist rein.«

Georg, Timotheus, Richard und Anne liefen den Weg herauf.

»Hallo!« keuchte Richard. »Wir haben uns schon gedacht, daß alles sicher ist, denn wir haben in einiger Entfernung Lou und Dan rennen sehen. He, da ist ja Pongo!«

Pongo sprang aufgeregt vor Richard auf und ab und lief dann um Tim herum, um seinen Schwanz zu schütteln. Aber der war darauf gefaßt, drehte sich blitzschnell um und setzte sich auf seinen Schwanz.

»Hallo, Nobby!« rief Richard. »Du meine Güte, was hast du denn angestellt? Du siehst aus, als wärst du im Krieg gewesen.«

»Na, fast war ich es auch«, sagte Nobby und versuchte zu lachen. Er war noch ganz zittrig und konnte nicht aufstehen. Pongo rannte zu Anne und wollte die Arme um sie legen.

»Nicht, Pongo, du drückst zu fest«, jammerte Anne. »Julius, war etwas los? Sind die Männer hiergewesen? Gibt's was Neues?«

»Und ob«, erwiderte Julius. »Aber erst einmal will ich etwas trinken. Ich hab' den ganzen Tag auf diesem verdammten Dach gelegen und bin ganz ausgedörrt. Was haltet ihr von Limonade? Und Nobby kann bestimmt auch einen Schluck vertragen.«

»Wir haben alle Durst. Ich hol' fünf Flaschen, nein sechs. Vielleicht mag Pongo auch was.«

Der Schimpanse trank sehr gern Limonade. Er setzte sich mit den Kindern auf den Felsen und nahm artig sein Glas aus Annes Hand. Tim war ein wenig eifersüchtig, aber weil er keine Limonade mochte, konnte er sich auch nicht beschweren.

Julius berichtete den anderen ausführlich von den Ereignissen des Tages. Alle lauschten mit aufgerissenen Augen. Donnerwetter, das war ein Abenteuer!

Dann erzählte Nobby. »Ich war schon ganz verzweifelt. Aber ich mußte einfach raufkommen und euch warnen. Lou und Dan haben davon geredet, daß sie Tim vergiften oder betäuben und in einem Sack ins Lager schleppen wollen. Oder sie wollten ihm eins über den Kopf geben.«

»Das sollen sie einmal versuchen!« brauste Georg auf und legte den Arm um Tim. Sofort tat Pongo das gleiche.

»Und sie haben auch gesagt, sie wollen eure Wagen kaputtmachen, am besten darunter ein Feuer anstecken und sie verbrennen«, fuhr Nobby fort.

Die vier Kinder starrten ihn schreckerfüllt an. »Aber so etwas hätten sie bestimmt nicht gewagt«, stieß Julius hervor. »Schließlich gibt's ja eine Polizei. Ich kann mir vorstellen, daß sie mit der nicht unbedingt was zu tun haben wollen.«

»Ich kann nur sagen, was ich gehört hab'«, fuhr Nobby fort. »Ihr kennt eben Lou und Dan noch nicht. Sie schrecken vor nichts zurück, wenn ihnen jemand in die Suppe spuckt oder wenn sie jemand, der ihnen unbequem ist, aus dem Weg räumen wollen. Haben sie nicht schon versucht, Tim zu vergiften? Und den Beller hat's statt dessen erwischt.«

»Ist – ist der Arme übern Berg?« fragte Anne.

»Nein«, erwiderte Nobby. »Ich fürchte, er liegt im Sterben. Ich habe ihn Lucilla zur Pflege gegeben. Sie versteht sich ausgezeichnet auf den Umgang mit kranken Tieren. Knurrer habe ich zu den anderen Hunden gesteckt. Dort ist er sicher.«

Er drehte den Kopf zur Seite, seine Mundwinkel zitterten, und er schneuzte sich, als habe er Schnupfen.

»Ich fürcht' mich, wieder runterzugehen«, sagte er leise. »Ich hab' Angst, sie schlagen mich tot. Ich hau' ab, irgendwohin.«

»Du gehst auch nicht zurück, das steht fest«, sagte Julius bestimmt. »Und abhauen tust du auch nicht. Du bleibst hier bei uns. Wir freuen uns darüber. Es war echt anständig von dir, daß du uns gewarnt hast, und dein Pech, daß es dich so erwischt hat. Du bist unser Freund, und wir halten zusammen.«

Nobby konnte kein Wort herauskriegen, aber er strahlte übers ganze Gesicht. Er rieb sich mit der Hand über die Augen und grinste dann sein altes Grinsen. Er nickte und blickte verlegen weg.

Sie tranken die Limonade aus, und dann stand Julius auf. »Jetzt«, sagte er, »spielen wir ein wenig Detektive und suchen, wo die Männer gewesen sein können. Einverstanden?«

»Aber klar!« jubelte Georg, die schon viel zu lange stillgesessen hatte. »Aber wo fangen wir? Müssen wir unter den Wagen kriechen, Julius?«

»Ich fürchte ja«, sagte Julius. »Du bleibst hier ruhig sitzen, Nobby, und hältst Wache, falls Lou oder Dan zurückkommen.«

Er glaubte zwar im Augenblick nicht daran, aber er sah, daß Nobby noch immer ganz durcheinander war und sich ausruhen sollte. Der Junge jedoch dachte gar nicht daran, sich ein Abenteuer entgehen zu lassen.

»Tim und Pongo sind Wächter genug«, meinte er. »Sie hören jeden kommen. Ich komme mit euch.«

Nun kroch er mit den anderen, begierig, etwas zu entdekken, unter den niedrigen Wagen.

Aber es war unmöglich, mit dem Wagenboden dicht über den Köpfen, das Heidekraut zu durchsuchen. Sie hatten keinen Platz. Lou und Dan hatten ja ebenfalls den Wagen fortschieben müssen.

Also mußten alle Mann ran, um den Wagen ein paar Meter zu bewegen. Pongo half auch mit. Dann setzten sie ihre Suche im Heidekraut fort.

Sie entdeckten, daß sich die Pflanzen leicht samt den Wurzeln aus der Erde entfernen ließen, weil die Männer sie gerade erst wieder eingepflanzt hatten. Die Kinder zogen auf einem Fleck von ungefähr einem Quadratmeter das Heidekraut heraus, dann rief Georg:

»Ich werd' verrückt, da sind ja Bretter unter dem Heidekraut!«

»Säuberlich nebeneinanderlegt. Wozu nur?«

»Nimm sie weg!«

Die Jungen nahmen eine Planke nach der anderen hoch und schichteten sie an der Seite auf. Dann sahen sie, daß die Bretter den Eingang zu einer Höhle verdeckt hatten. »Ich hol' meine Taschenlampe«, sagte Julius.

Das Licht zeigte ihnen eine tiefe Höhle, die in den Hügel hineinführte und aus deren einer Wand Steigeisen hervorragten. Alle starrten aufgeregt hinunter.

»So ein Zufall, daß wir unsere Wagen genau über das Versteck der Männer gefahren haben!« sagte Richard. »Kein Wunder, daß sie wild geworden sind! Die haben genau gewußt, warum sie uns freundlich eingeladen haben, wieder unten am See zu lagern.«

»Das darf ja wohl nicht wahr sein«, staunte Julius und starrte immer noch in die Höhle, »hier waren die also! Wo die Höhle wohl hinführt? Die Männer waren furchtbar lange unten.«

Pongo setzte sich plötzlich in den Kopf, in die Höhle zu gehen. Er stieg hinunter, tastete mit den Füßen nach den Steigeisen und grinste die anderen an. Dann war er verschwunden. Auch das Licht von Julius' Taschenlampe konnte ihn nicht mehr erreichen.

»He, Pongo! Verlauf dich nicht da unten!« rief Nobby ängstlich. Aber Pongo war weg.

»So ein blöder Kerl!« sagte Nobby. »Er findet doch niemals wieder zurück, wenn er dort unten umherstromert. Ich muß ihm nach. Kann ich deine Taschenlampe haben, Julius?«

»Ich komme mit«, antwortete der. »Georg, gib mir bitte auch noch deine Lampe!«

»Sie ist nicht in Ordnung«, war die Antwort. »Ich hab' sie gestern abend fallen lassen.«

»Na, das ist ja toll!« klagte Julius. »Jetzt wollten wir alle gemeinsam auf Erkundung gehen, aber mit nur einer Lampe ist das nicht möglich. Ich gehe mit Nobby vor und such' Pongo. Wir sehen uns ein bißchen um und kommen gleich zurück. Vielleicht gibt es dort unten was Interessantes zu sehen!«

Nobby stieg als erster hinab, Julius folgte. Die anderen knieten an der Öffnung und sahen ihnen neidisch nach. Die beiden verschwanden.

»Pongo!« schrie Nobby. »Pongo! Komm her, du Quatschkopf!«

Pongo war noch nicht sehr weit. Die Dunkelheit behagte ihm gar nicht, und er kam zu Nobby, sobald er das Licht der Taschenlampe sah. Die Jungen befanden sich jetzt in einem engen Gang am Fuße der Öffnung, der breiter wurde, je tiefer sie in den Berg eindrangen.

»Hier muß es viele Höhlen geben«, sagte Julius und leuchtete mit seiner Lampe um sich. »Aus dem Berg entspringen 'ne Menge Quellen. Ich stell' mir vor, daß das Wasser im Lauf der Jahrhunderte das weichere Gestein ausgewaschen und viele Gänge und Höhlen im Berg zurückgelassen hat. Und ich wette, in irgendeiner von diesen Höhlen haben Lou und Dan Sachen versteckt, die niemand sehen soll. Wahrscheinlich lauter geklautes Zeugs.«

Der Gang mündete in eine kleine Höhle, die keinen weiteren Ausgang zu haben schien. Julius leuchtete mit seiner Taschenlampe die Wände ab.

An einer Stelle entdeckte er Steigeisen und verfolgte sie bis zu einem Loch in der Decke. »Da müssen wir rauf«, sagte er. »Komm!«

»Halt!« widersprach Nobby. »Brennt deine Taschenlampe nicht recht schwach?«

»Himmel – ja!« sagte Julius erschrocken und schüttelte die Lampe heftig, damit sie heller leuchtete. Aber die Batterie war fast leer. Das Licht wurde immer schwächer, bis es nur noch einen leuchtenden Stecknadelkopf in der Lampe bildete!

»Komm, wir gehen lieber gleich zurück«, meinte Julius, dem es etwas unbehaglich wurde. »Ich möchte hier nicht im Stockdunkeln umherirren.«

Nobby nahm Pongo fest an die behaarte Pfote und hielt sich außerdem am Pullover seines Freundes. Er wollte keinen von beiden verlieren! Das Licht in der Lampe verlosch. Sie mußten also den Ausgang im Dunkeln finden.

Julius tastete sich mit den Händen die Wände des Ganges

entlang. Es war ein unheimlicher Spaziergang, und Julius war froh, daß er mit Nobby nicht weiter in den Berg hineingegangen war. Nicht auszudenken, wenn sie mitten im Gewirr der Gänge von ihrer Taschenlampe im Stich gelassen worden wären!

In der Ferne sahen sie jetzt ein schwaches Licht schimmern und vermuteten, daß es das Tageslicht war, das durch die Einstiegsöffnung fiel. Erleichtert stolperten sie darauf zu. Sie sahen nach oben in die besorgten Gesichter der anderen drei, die hinabschauten, ohne sie sehen zu können.

»Wir sind wieder da!« rief Julius und kletterte hinauf. »Meine Taschenlampe hat den Geist aufgegeben, und wir haben uns nicht sehr weit getraut. Pongo haben wir aber.«

Julius erzählte von dem Loch in der Decke der kleinen Höhle.

»Dort waren die Männer«, erklärte er. »Und morgen kaufen wir Taschenlampen, Kerzen und Streichhölzer, und dann geht's aber auf Entdeckung!«

»Also fängt doch wieder ein Abenteuer an?« fragte Anne mit gepreßter Stimme.

»Tut mir leid, ja«, erwiderte Julius. »Aber du kannst in dieser Zeit bei Frau Mack bleiben, Anne. Du brauchst nicht mitzukommen.«

»Wenn ihr auf Abenteuer geht, komme ich mit«, entgegnete Anne tapfer. »Das ist schon immer so gewesen. Ich denke nicht im Traum daran, mich auf einem Bauernhof zu verkriechen.«

»Okay«, sagte Julius. »Wir bleiben zusammen, Leute, es wird spannend!«

XVII

Lou und Dan kommen wieder

Niemand störte die Kinder in dieser Nacht, und Tim bellte kein einziges Mal. Nobby schlief auf einem Stapel Decken im Wagen der Jungen, und Pongo schmiegte sich an ihn. Dem Schimpansen schien es in dem Wagen zu gefallen. Tim war eifersüchtig, daß ein anderes Tier bei ihnen wohnte, und kümmerte sich überhaupt nicht um Pongo.

Am nächsten Morgen besprachen die Kinder nach dem Frühstück, wer ins Dorf fahren sollte. »Nobby und Pongo nicht«, entschied Julius. »Die Leute im Bus würden durchdrehen, wenn plötzlich ein Affe einsteigt. Sie müssen also dableiben.«

»Aber nicht allein«, widersprach Nobby aufgeregt. »Wenn Lou und Onkel Dan kommen, hab' ich Angst, auch wenn Pongo dabei ist.«

»Gut, ich bleib' auch hier«, sagte Richard. »Wir brauchen ja nicht alle mitzukommen, um ein paar Kerzen zu kaufen. Vergiß nicht, den Brief an Vater und Mutter einzuwerfen, Julius!«

Sie hatten einen langen Brief an ihre Eltern geschrieben, worin sie ihnen all die aufregenden Erlebnisse geschildert hatten. Julius steckte ihn in die Tasche. »Ich werfe ihn schon ein«, versprach er. »Los, wir können gehen. Kommt, ihr Mädchen. Paß auf, Richard, wenn diese Gauner wiederkommen!«

Georg, Tim, Anne und Julius gingen zusammen den Berg

hinunter. Tim rannte, aufgeregt mit dem Schwanz wedelnd, voraus. Pongo kletterte auf das Dach des roten Wagens, um ihren Abmarsch zu beobachten.

Nobby und Richard legten sich auf den Felsen in die warme Sonne und schoben dichte Heidepolster unter ihre Köpfe.

»Es ist schön hier oben«, sagte Nobby. »Viel schöner als unten. Die werden eine schöne Wut auf mich haben. Gorgio, der Zirkusdirektor, ist bestimmt stinksauer, daß der Schimpanse fort ist. Ich wette, er schickt jemanden nach uns.«

Die Wette hatte er gewonnen. Zwei Leute erschienen, um ihn zu holen – Lou und Tiger Dan. Sie kamen durch das hohe Heidekraut geschlichen und hielten scharf Ausschau nach Nobby und Pongo.

Pongo aber witterte sie, lange bevor man sie sehen konnte, und warnte Nobby. Der arme Junge wurde käseweiß. Er fürchtete die beiden Schurken.

»Klettere in einen der beiden Wagen«, flüsterte ihm Richard zu. »Los! Ich werd' mit den beiden schon fertig. Pongo hilft mir, wenn nötig.«

Nobby schlüpfte in den grünen Wagen und schloß die Tür. Richard blieb sitzen, wo er war. Pongo legte sich flach auf dem Dach auf die Lauer.

Lou und Dan tauchten plötzlich auf. Sie sahen Richard, nicht aber Pongo. Sie schauten sich nach den anderen um.

»Was wollen Sie?« fragte Richard.

»Nobby und Pongo!« erwiderte Lou finster. »Wo sind sie?«

»Sie bleiben bei uns«, antwortete Richard.

»Einen Dreck bleiben die bei euch!« fuhr Tiger Dan ihn an. »Ich hab' die Verantwortung für den Halunken, verstanden? Ich bin sein Onkel.«

»Ein feiner Onkel«, bemerkte Richard. »Nebenbei, wie geht es dem Hund, den Sie vergiftet haben?«

Tiger Dan lief puterrot an. Er sah aus, als wolle er Richard jeden Augenblick den Abhang hinabstürzen.

»Nimm dein loses Maul in acht, du Lümmel!« brüllte er los.

Im Wagen versteckt, begann Nobby zu zittern, als er die wütende Stimme seines Onkels hörte. Pongo verhielt sich ganz ruhig, aber er entblößte die Zähne und sah zum Fürchten aus.

»Mein Herr, Sie können sich jetzt verabschieden und dann verschwinden«, sagte Richard lässig zu Dan. »Ich hab' Ihnen doch gesagt, daß Nobby und Pongo bis auf weiteres bei uns bleiben. Und jetzt machen Sie endlich 'ne Fliege, aber dalli!«

»Wo ist der kleine Bastard?« brüllte Tiger Dan, der vor Wut schier zu platzen schien. »Na warte, wenn ich den in die Finger krieg'! Der kann was erleben! Und du...«

Dabei ging er auf den Wagen los, aber das ließ Pongo nicht zu. Er sprang vom Dach genau auf den entsetzten Mann und warf ihn zu Boden. Er stieß einen so schrecklichen Laut aus, daß Dan zitterte.

»Ruf ihn zurück!« rief er. »Lou, Hilfe!«

»Mir gehorcht Pongo nicht«, sagte Richard, setzte sich hin und machte ein unbeteiligtes Gesicht. »Wär' vielleicht doch besser, Sie würden abhauen, bevor er Sie in Stücke reißt!«

Dan torkelte auf den Felsen zu und sah ganz so aus, als wolle er Richard zu Boden schlagen. Aber der Junge rührte sich nicht, und Dan wagte nicht, ihn anzufassen. Pongo ließ von Dan ab und stand lauernd da, bereit, sich mit seinen kräftigen, behaarten Armen jederzeit auf einen der Männer zu stürzen.

Tiger Dan nahm einen Stein, aber blitzschnell warf sich Pongo auf ihn, so daß er den Abhang hinunterrollte. Lou floh entsetzt. Dan rappelte sich auf, gab Fersengeld und fluchte so laut, daß man ihn noch lange hören konnte. Pongo jagte voller Begeisterung hinter den beiden Ganoven her.

Er nahm jetzt ebenfalls Steine und warf sie so zielsicher, daß Richard fortlaufend Schmerzensrufe hörte.

Pongo kehrte zurück und schien sehr zufrieden mit sich zu sein. Er ging an den grünen Wagen, als Richard Nobby zurief:

»Alles in Ordnung, Nobby! Sie sind weg. Pongo und ich haben eine Schlacht gewonnen!«

Nobby kam heraus. Pongo legte sofort den Arm um ihn und schnatterte Unsinn in sein Ohr. Nobby ließ den Kopf hängen.

»Ich bin doch ein Feigling«, sagte er. »Hab' mich verkrochen wie 'n Kaninchen.«

»Red keinen Quatsch. Mir hat's richtig Spaß gemacht«, erwiderte Richard, und dabei log er nicht. »Und Pongo sicher auch.«

»Du weißt gar nicht, wie gefährlich Lou und Dan sind«, sagte Nobby und sah den Abhang hinab, um sich zu vergewissern, daß sie auch wirklich fort waren. »Sie schrecken vor nichts zurück. Sie verbrennen euch noch die Wagen, stürzen sie in den Abgrund, vergiften euren Hund und tun euch selbst etwas Böses an. Ihr kennt sie noch nicht so wie ich.«

»Nun, wir haben schon massenhaft Abenteuer mit Kerlen wie Lou und Dan bestanden«, meinte Richard. »In den letzten Ferien waren wir an einem Ort, der Schmugglerspitze hieß, ich kann dir sagen, da war allerlei fällig. Wenn wir das erzählen, das glaubt uns keiner!«

»Erzähl mir und Pongo doch von euren Erlebnissen«, bat Nobby und setzte sich neben Richard. »Wir haben noch viel Zeit, bis die anderen kommen.«

So berichtete Richard von all den spannenden Abenteuern, welche die fünf erlebt hatten, und darüber verflog die Zeit. Beide Jungen waren überrascht, als sie Tim bellen hörten und die anderen zurückkehrten.

Georg stürzte mit dem Hund aufgeregt heran. »Ist was passiert, während wir fort waren? Wir haben nämlich Lou und Dan in den Bus steigen sehen, als wir ausgestiegen sind. Sie haben große Säcke geschleppt, als wollten sie irgendwohin fahren, wo sie länger bleiben.«

Nobbys Gesicht erhellte sich. »Wirklich? Das ist gut. Die waren nämlich hier, um mich zu holen, aber Pongo hat sie den Berg runtergejagt. Sie müssen im Lager ihre Sachen geholt haben und dann zum Bus gegangen sein. Hurra!«

»Wir haben gute Taschenlampen«, sagte Julius und zeigte sie Richard. »Ganz starke, hier ist eine für dich, Richard, und eine für dich, Nobby.«

»Ooooh, danke«, sagte Nobby. Dann wurde er rot. »Ich hab' aber nicht soviel Geld, um so 'ne große Taschenlampe zu bezahlen«, sagte er verlegen.

»Wir schenken sie dir«, sagte Anne sofort.

»Mensch, das is' Klasse, danke«, sagte Nobby überglücklich. »Ich hab' noch nicht viel geschenkt bekommen. Ihr seid echt okay, Leute.«

Pongo streckte Anne die Pfote entgegen und stieß schnatternde Laute aus, als wollte er sagen: Und wie ist's mit mir?

»Ach je, wir haben Pongo keine mitgebracht!« rief Anne. »Zu blöd!«

»Gut, daß ihr es nicht getan habt«, meinte Nobby. »Er hätte sie den ganzen Tag lang an- und ausgeknipst, und im Nu wär' die Batterie leer.«

»Ich geb' ihm meine alte«, sagte Georg. »Sie ist kaputt, aber das stört ihn nicht.«

Pongo war begeistert. Er drückte dauernd auf den Knopf, um das Licht aufleuchten zu lassen – und als kein Licht kam, blickte er sich suchend am Boden um, als sei das Licht hingefallen. Die Kinder bogen sich vor Lachen! Er hatte es gern, wenn über ihn gelacht wurde. Er tanzte, um seine Freude zu zeigen.

»Hört mal, wäre jetzt nicht eine gute Gelegenheit, dort unten rumzuschnüffeln, wo wir wissen, daß Lou und Dan aus dem Wege sind?« fragte Julius plötzlich. »Wenn sie Säcke mitgenommen haben, wollen sie sicher länger wegbleiben, vielleicht sogar über Nacht, und kommen frühestens morgen zurück. Wir können also in aller Ruhe hinabsteigen und suchen.«

»Ja«, stimmte Georg eifrig zu. »Ich möchte zu gern auf Entdeckung da hinunter.«

»Gut, aber erst wird etwas gegessen«, ermahnte Richard. »Es ist schon lange nach Mittag. Schon halb zwei.«

»Georg und ich richten euch etwas. Wir sind auf dem Rückweg bei Frau Mack gewesen und haben wieder viel mitgebracht. Komm, Georg!«

Georg stand unwillig auf. Tim folgte ihr und steckte seine Nase erwartungsvoll schnüffelnd in den Korb. Bald hatten die Mädchen ein kleines Picknick fertig, und die Freunde setzten sich alle auf die Felsschwelle.

»Heute hat uns Frau Mack eine Riesentafel Schokolade geschenkt«, verkündete Anne und zeigte sie Richard und Nobby. »Ist das nicht schön? Nein, Pongo, das ist nichts für dich. Iß anständig und laß die Pfoten von der Schokolade.«

»Ich bin dafür, daß wir etwas zum Essen mit in den Berg nehmen«, meinte Julius. »Wir können dann gleich los und müssen nicht so bald schon wieder zurück.«

»Eine Mahlzeit im Berg!« jubelte Anne. »Das ist aufregend. Wir nehmen einen Laib Brot, Butter, Schinken und einen Kuchen mit. Wie steht es mit etwas zu trinken?«

»Ach, damit können wir warten, bis wir zurück sind«, meinte Julius. »Wir brauchen nur so viel zum Essen, daß unsere größten Leckermäuler nicht gleich verhungern.« Und dabei grinste er Richard an.

Georg und Nobby räumten das Geschirr weg. Anne wickelte die Eßwaren in Papier und steckte sie in den

Rucksack, den Julius tragen sollte. Sie packte auch die Schokolade ein. Schließlich waren alle fertig. Tim wedelte mit dem Schwanz. Er spürte, daß es fortging.

Die fünf schoben den Wagen zurück, um das Loch freizulegen. Sie hatten ihn am Abend zuvor wieder an den alten Platz gestellt, falls Lou und Dan wiederkamen.

Die Bretter hatten sie einfach über das Loch geworfen, und die Jungen räumten sie nun zur Seite. Sobald Pongo das Loch sah, fuhr er entsetzt zurück.

»Er erinnert sich, wie dunkel es da unten war«, sagte Georg. »Das gefällt ihm nicht. Komm, Pongo! Wir alle haben Taschenlampen!«

Aber nichts brachte Pongo dazu, noch einmal in das Loch zu steigen. Er schrie wie ein Kind, als Nobby ihn mitnehmen wollte.

»Es hat keinen Zweck«, sagte Julius. »Du mußt mit ihm hier oben bleiben.«

»Was, und auf all die Aufregung verzichten?« rief Nobby unwillig. »Das kommt nicht in Frage. Wir können Pongo an ein Wagenrad binden, dann kann er nicht fortlaufen. Lou und Dan sind weg, und so kann niemand Pongo ärgern. Los, wir binden ihn an.«

Pongo wurde also fest an ein Wagenrad gebunden. »Du bleibst hier, bis wir wiederkommen, und bist schön brav«, ermahnte ihn Nobby und stellte einen Eimer mit Wasser neben ihn, damit er trinken konnte. »Wir sind bald zurück.«

Pongo war traurig, als sie weggingen, aber nichts in der Welt hätte ihn wieder in das Loch gebracht. Er sah die Kinder eines nach dem anderen verschwinden. Auch Tim sprang hinunter, dann waren alle wie vom Erdboden verschluckt. Ein neues Abenteuer begann. Wie würde es enden?

XVIII

Im Inneren des Berges

Auf Anraten von Julius hatten die Kinder alle zusätzlich Pullover angezogen, denn er wußte, wie kühl es im Inneren des Berges war. Nobby hatte sich einen von Richard ausgeliehen. Sie waren sehr froh drum, als sie durch den dunklen Gang auf die erste Höhle zuschritten, denn es war kalt und feucht hier unten.

Sie erreichten die kleine Höhle, und Julius zeigte ihnen im Lichte seiner Taschenlampe die Steigeisen, die zu einem Loch in der Decke an der Wand hochführten.

»Wie aufregend!« meinte Georg begeistert. »So etwas gefällt mir. Ich bin gespannt, wo das Loch hinführt. Ich gehe als erste, Ju.«

»Nein, tust du nicht«, widersprach Julius. »Ich gehe. Du weißt ja nicht, was uns oben erwartet.«

Und schon kletterte er hinauf, und weil er dazu beide Hände brauchte, nahm er die Taschenlampe in den Mund. Die Steigeisen bestanden aus kräftigen Nägeln, man konnte sehr leicht hochsteigen.

Er gelangte zu dem Loch und steckte den Kopf hindurch. Sein erstaunter Aufschrei klang etwas gedämpft, weil er noch immer die Taschenlampe im Mund hatte.

»Ich werd' verrückt!« rief er, nachdem er wieder sprechen konnte. »Das ist ja eine riesige Höhle, größer als sechs Ballsäle, und die Wände glitzern, wahrscheinlich Kristalle.«

Er zwängte sich durch das Loch und stand in der gewaltigen Höhle. Die Wände strahlten in einem eigenartigen Licht, das auch nicht völlig erlosch, als Julius seine Taschenlampe ausschaltete.

Hintereinander kamen die Kinder herauf und konnten sich überhaupt nicht satt sehen. »Wie im Märchen!« sagte Anne. »Das ist aber ein seltsames Licht, auch die Decke schimmert!«

Für Richard und Georg war es ziemlich schwierig, Tim hinaufzuziehen, aber schließlich schafften sie es doch. Als er das seltsame Licht sah, klemmte er den Schwanz ein und wedelte erst wieder ein bißchen, als Georg ihn ermutigend tätschelte.

»Gewaltig!« staunte auch Richard. »Glaubst du, daß die Männer hier Sachen versteckt haben?«

Julius knipste die Taschenlampe wieder an. Zackige Felsen ragten aus der Dunkelheit hervor. »Ich kann nichts sehen«, sagte er. »Aber bevor wir weitergehen, wollen wir diese Höhle genau durchsuchen.«

So durchstöberten sie jeden Winkel der leuchtenden Höhle, aber sie konnten nichts entdecken. Plötzlich rief Julius: »Ein Zigarettenstummel!« und hob ihn vom Boden auf.

»Das beweist«, sagte er, »daß Lou und Dan hier gewesen sind. Los, wir wollen mal sehen, ob diese Höhle einen Ausgang hat!«

Am äußersten Ende, in halber Höhe der schimmernden Wand, befand sich ein großes Loch. Julius kletterte hinauf und rief den anderen zu: »Hier sind sie gewesen. Da, ein abgebranntes Streichholz!«

Der Gang war stellenweise sehr niedrig, sie mußten sich bücken, um sich nicht die Köpfe anzustoßen. Seine Windungen nahmen zu, je weiter sie hineingingen. Julius vermutete, daß hier früher einmal Wasser durchgeflossen war, das den Fels am Boden des Ganges blank poliert hatte.

»Hoffentlich fällt es dem Wasser nicht plötzlich ein, hier wieder durchzufließen«, meinte Georg. »Das könnte verdammt ungemütlich werden.«

Der Gang schien kein Ende nehmen zu wollen. Anne bekam es allmählich mit der Angst zu tun. Endlich wich die Wand auf einer Seite zurück und gab eine große Felsennische frei, die Julius mit seiner Taschenlampe ausleuchtete.

»Was hab' ich euch gesagt!« rief er. »Hier also bewahren die Kerle ihre Sachen auf. Ein ganzer Stapel Zeug!«

Die anderen drängten sich so dicht heran, wie sie nur konnten, und richteten den Strahl ihrer Lampen auf Stapel von Schachteln, Paketen, Säcken und Kisten. Die Kinder brachten zuerst keinen Ton heraus.

»Was da wohl drin ist?« fragte Nobby als erster. »Los, schauen wir nach.«

Er legte seine Lampe hin und schnürte einen Sack auf. Er griff hinein – und zog einen goldenen, glänzenden Teller hervor.

»Das darf doch nicht wahr sein!« rief Nobby. »Die Polizei hat voriges Jahr das ganze Zirkuslager durchsucht! Und dabei war es hier sicher versteckt. Schaut euch das an! Kinder, Kinder, die müssen ja den König bestohlen haben!«

Die Säcke waren mit auserlesenem vergoldetem Geschirr vollgestopft. Die Kinder stellten Stück für Stück auf den Felsen. Wie das Geschirr im Licht der Lampen schimmerte!

»Das sind ganz abgefeimte Diebe«, sagte Julius. »Das haut einen glatt um! Schauen wir nach, was in der Schachtel dort drüben ist.«

Die Schachtel war nicht verschnürt und der Deckel leicht abzunehmen. Drinnen lag eine Porzellanvase, so zerbrechlich, daß man glaubte, sie würde schon beim Atmen zerspringen.

»Ich hab' keine Ahnung von Porzellan«, meinte Julius, »aber diese Vase muß Tausende wert sein. Also, Freunde, wir sind da einer Riesenschweinerei auf die Spur gekommen! Da bleibt einem glatt die Spucke weg!«

»Seht mal her!« rief Georg und holte einige Lederetuis aus einem Sack. »Schmuck! Echte Juwelen!«

Die Kinder schrien auf. Diamanten funkelten, Rubine, kostbare Smaragde, Ringe, Ketten, Armbänder, Broschen, die schönsten Schmucksachen glitzerten im Schein der fünf Lampen.

In einem Kasten lag ein Diadem, das nur aus großen Diamanten zu bestehen schien. Anne nahm es vorsichtig heraus und setzte es sich ins Haar.

»Jetzt bin ich eine Prinzessin! Das ist meine Krone!« rief sie.

»Wie 'ne richtige Prinzessin«, bestätigte Nobby bewundernd. »Du siehst aus wie Delphine, die Kunstreiterin, wenn sie abends in ihrem edelsteinbesetzten Kostüm in die Manege reitet. Nur, die hat natürlich keine echten Edelsteine.«

Anne legte nun auch Ketten und Armbänder an und saß behängt wie ein Christbaum auf einem Stein und ließ sich bewundern. Dann nahm sie die Sachen wieder ab und legte sie sorgfältig in die stoffbeschlagenen Kästen zurück.

»Na, die haben vielleicht Beute gemacht!« staunte Julius, der gerade einen silbernen Teller aus einem anderen Sack geholt hatte. »Ich glaub', mich tritt ein Pferd! Das sind erstklassige Einbrecher, allererste Sahne!«

»Und ich kann mir auch denken, wie die an das Zeug gekommen sind«, sagte Richard. »Lou ist doch ein tüchtiger Akrobat, oder? Ich wette, er ist an den Häusern hochgeklettert, an den Wänden, über die Dächer, in die Fenster – und Tiger Dan hat Schmiere gestanden und beim Abtransport geholfen.«

»Genau!« pflichtete Nobby bei. »Lou kann überall hinaufklettern, ich würd' mich nicht wundern, wenn er sogar an glatten Wänden hochkäme. Und springen kann er! Wie eine Katze! Die beiden Halunken treiben das bestimmt schon lange. Deshalb ist dieser Schuft von einem Onkel auch oft nachts verschwunden, wenn wir unterwegs waren. Ich bin oft aufgewacht, und er war nicht da. 'n feiner Onkel is' das!«

»Das Diebesgut hat er sicher in den Wagen gesteckt, den du uns gezeigt hast«, sagte Julius nachdenklich. »Du hast uns doch erzählt, wie wütend Dan war, als du dich daran zu schaffen gemacht hast. Er hat höchstwahrscheinlich alles dort reingestopft, und wenn sie dann hier in die Berge ge-

kommen sind, haben sie's in der Höhle versteckt. Dann haben sie abgewartet, bis die Polizei ihre Nachforschungen aufgegeben hatte. Danach haben sie's wieder rausgeholt und verscherbelt.«

»Gut, ausgeheckt«, meinte Richard. »Sie hatten ja auch immer die besten Gelegenheiten, sie sind viel rumgekommen und haben rausgekriegt, wo's was zu holen gibt. Ich möcht' nur wissen, wie sie diesen Platz hier gefunden haben.«

»Ja. Das hätte sich wohl niemand träumen lassen«, bestätigte Georg.

»Und dann kommen wir und stellen unsere Wagen ausgerechnet über ihr Einstiegsloch! Denen haben wir die Tour sauber vermasselt!« sagte Julius. »Kein Wunder, daß die vor Wut fast durchdrehen!«

»Und was machen wir jetzt?«

»Natürlich die Polizei verständigen«, gab Julius sofort zur Antwort. »Was hast du denn gedacht? Kinder, ich freue mich schon auf die Gesichter der Polizisten, wenn sie das hier sehen.«

Sie legten alles vorsichtig an den alten Platz. Julius leuchtete mit seiner Taschenlampe weiter in den Gang. »Wollen wir ihn noch ein Stück weiter untersuchen?« fragte er. »Seht, der Gang geht noch weiter.«

»Wir sollten lieber zusehen, daß wir hier verschwinden«, meinte Nobby. »Nach dieser Entdeckung müssen wir gleich etwas unternehmen.«

»Aber ich möchte gern wissen, wo der Gang hinführt«, bettelte Georg. »Es dauert doch nur eine Minute.«

»Also gut«, erwiderte Julius, der ebenfalls noch weiter in den Gang wollte. Er leuchtete ihnen voraus.

Der Gang führte in eine neue Höhle, die aber bei weitem nicht so geräumig war wie die vorige. An ihrem Ende schimmerte es silbern, da schien sich etwas zu bewegen.

»Was ist das?« fragte Anne ängstlich. Sie blieben stehen und lauschten.

»Wasser!« sagte Julius plötzlich. »Natürlich! Hört ihr es nicht rauschen? Es ist ein unterirdischer Bach, der durch den Berg fließt und sicher irgendwo rausfließt.«

»Wie der Bergbach, den wir gesehen haben, bevor wir zu unserem Lagerplatz gekommen sind«, sagte Georg. »Er schoß auch aus den Felsen heraus. Erinnert ihr euch? Es kann derselbe sein.«

»Könnte sein«, meinte auch Richard. Sie durchquerten die Höhle und erreichten den Bach. Er rauschte dicht an der Höhlenwand entlang.

»Vielleicht ist er vor vielen Jahrhunderten einmal durch diese Höhle gebraust und durch den Gang«, meinte Julius. »Ja, schaut euch das Geröll da in der Höhle an, er muß hier geflossen sein. Vielleicht hat er das ganze Gewirr von Höhlen und Gängen hier ausgewaschen. Dann hat er aus irgendeinem Grund einen anderen Weg genommen.«

»Jetzt aber nicht weiter!« mahnte Nobby. »Ich muß nach Pongo sehen. Ich hab' so ein unangenehmes Gefühl, wenn ich an ihn denke. Und außerdem friere ich. Kommt mit zurück in die Sonne, mir reicht's jetzt. Ich hab' keine Lust, hier unten was zu essen.«

»Du hast recht«, sagte Julius, und sie gingen durch den Gang zurück. Sie kamen an der Nische vorbei, wo die Schätze lagen, und erreichten schließlich die riesige, strahlende Höhle. Sie durchquerten sie bis zu dem Loch, das in die kleine Höhle führte. Dann ging es abwärts. Julius und Georg versuchten, Tim zwischen sich zu nehmen. Das war sehr schwierig, denn er war ein großer Hund und sehr schwer.

Sie mußten sich jetzt in der Nähe der Einstiegsöffnung befinden. Der Gedanke an den warmen Sonnenschein erweckte in ihnen angenehme Gefühle.

»Ich kann kein Licht durch das Loch sehen«, stutzte Julius. »Wir müssen doch ganz dicht davor sein.«

Er stieß gegen eine Wand und blieb erstaunt stehen. Wo war das Loch? Waren sie vom Weg abgekommen? Dann leuchtete er mit seiner Taschenlampe die Decke ab. Richtig, da war das Loch – aber es schimmerte kein Tageslicht herein.

»Du lieber Himmel?« rief Julius erschrocken. »Was ist denn da los?«

»Was ist denn? Was ist los?« fragten alle in plötzlicher Angst.

»Das Loch ist zu!« schrie Julius. »Wir können nicht hinaus! Jemand hat die Bretter wieder darübergelegt und womöglich auch den Wagen darübergerollt. Wir können nicht hinaus!«

Alle starrten entsetzt zu dem verschlossenen Ausgang hinauf. Sie waren gefangen.

»Was jetzt?« fragte Georg leise, und ihre Stimme zitterte. »Julius, was sollen wir jetzt tun?«

XIX

Im Berg gefangen!

Julius wußte keine Antwort. Er war entsetzt über sich selbst, weil er an diese Möglichkeit nicht gedacht hatte. Wenn Lou und Dan auch mit Säcken in den Bus gestiegen waren, so hieß dies noch lange nicht, daß sie auch über Nacht wegbleiben wollten. In den Säcken konnte Diebesgut sein, das sie verkaufen wollten.

»Sie werden frühzeitig zurückgekommen sein und haben dann noch einmal versucht, Nobby und Pongo zurückzuholen«, überlegte Julius laut. »Was bin ich doch für ein Idiot! Ich versuch', die Bretter hochzuheben. Vielleicht klappt's.«

Er tat sein Bestes und konnte sie auch ein wenig abrükken, aber, was er befürchtet hatte, der Wagen stand darauf.

»Vielleicht kann Pongo helfen«, fiel ihm plötzlich ein. Er rief laut: »Pongo! Pongo! Hilf!«

Alle hielten den Atem an. Sie hofften, Pongo irgendwo schnattern oder an den Brettern kratzen zu hören. Aber nichts rührte sich – kein Laut von Pongo.

Die Kinder riefen alle gemeinsam, doch Pongo kam nicht. War ihm etwas zugestoßen? Der arme Nobby war verzweifelt.

»Wenn ich nur wüßte, was das bedeutet«, sagte er immer wieder. »Ich hab's ja geahnt, dem armen Pongo ist was ganz Schreckliches passiert. Wo kann er nur sein?«

Pongo war gar nicht weit weg. Er lag mit blutendem Kopf

auf der Seite. Er war bewußtlos und konnte die Rufe der Kinder nicht hören. Armer Pongo!

Was Julius befürchtete, war tatsächlich eingetreten. Lou und Dan waren heraufgekommen, um Pongo und Nobby mit Geld zurückzulocken. In der Nähe der Höhle blieben sie stehen und riefen.

»Nobby! Pongo! Wir wollen alles wieder gutmachen. Wir werden dir ein schönes Sümmchen bezahlen. 'ne Art Taschengeld! Sei vernünftig und komm mit ins Lager. Gorgio hat nach dir gefragt.«

Als keine Antwort kam, waren sie näher herangegangen. Da erblickten sie Pongo und blieben stehen. Der Schimpanse konnte nicht auf sie losgehen, weil er angebunden war. Böse brummend saß er da.

»Wo sind die Kinder hin?« fragte Lou. Dann sah er, daß einer der Wagen etwas verschoben war. Eine schreckliche Ahnung überkam ihn.

»Sie haben die Höhle entdeckt! Diese elende Mistbande! Schau dir das an, der Wagen ist vom Eingang weggeschoben! Was jetzt?«

»Zunächst *das*«, antwortete Tiger Dan gepreßt und nahm einen großen Stein hoch. Er schleuderte ihn mit aller Kraft auf den armen Pongo, der auszuweichen versuchte. Aber das Seil hinderte ihn, und der Stein traf ihn genau am Kopf. Er stieß einen lauten Schrei aus, fiel um und blieb regungslos liegen.

»Du hast ihn umgebracht«, sagte Lou.

»Um so besser«, antwortete Tiger Dan. »Schnell, schau nach, ob der Einstieg offen ist. »Diese Saubande will anscheinend unbedingt, daß wir ihnen den Hals umdrehen.«

Sie rannten zum Loch und sahen sofort, daß es entdeckt worden war.

»Sie sind unten!« schrie Tiger Dan, und seine Stimme überschlug sich fast vor Zorn. »Was machen wir? Nachsteigen und mit ihnen abrechnen, unser Zeug holen und abhauen? Morgen wollten wir uns sowieso aus dem Staub machen. Da können wir die Sachen doch auch jetzt holen.«

»Was, am hellichten Tag, wo uns jeder vom Hof drüben sehen kann?« fragte Lou. »Du hast wohl nicht alle Tassen im Schrank!«

»Hast du einen besseren Vorschlag?« fragte Tiger Dan.

»Und ob, unseren alten Plan«, sagte Lou. »Wenn's dunkel ist, steigen wir runter und holen den Kram. Wir nehmen den Wagen mit rauf, wie geplant. Die kleinen Luder können uns egal sein. Die sitzen in der Falle.«

»Schon kapiert«. Dan grinste böse. »Wir decken das Loch zu und fahren den Wagen wieder drüber. Wenn wir heut' nacht abhauen, sperren wir die Brut wieder ein. Wenn wir in Sicherheit sind, schicken wir Gorgio eine Karte und schreiben ihm, wo die stecken.«

»Warum so viele Umstände?« fragte Lou mit grausamer Stimme. »Sollen die da unten doch bleiben, bis sie verschimmeln. Geschieht ihnen recht.«

»Nein, das nicht«, erwiderte Dan. »Willst du uns die Bullen unbedingt auf den Hals hetzen? Da mach' ich nicht mit. Wir müssen sogar was zum Essen in das Loch werfen, damit sie am Leben bleiben, bis sie herausgelassen werden. Mit Mord will ich nichts zu tun haben, Lou! Nee, ich will mich absetzen und 'ne ruhige Kugel schieben. Nee, Mord is' nich' drin!«

Die Männer legten die Bretter sorgfältig über das Loch und deckten Heidekraut darüber. Dann schoben sie den Wagen an seinen alten Platz. Sie sahen nach Pongo. Der Schimpanse lag noch immer auf der Seite; die Männer konnten jetzt seine schwere Kopfwunde sehen.

»Er ist nicht tot«, sagte Lou und gab ihm einen Tritt. »Er kommt wieder zu sich. Wir lassen ihn besser hier.

Sonst beißt er uns noch, während wir ihn runterschleifen. Angebunden kann er uns heute abend nichts tun.«

Sie stiegen wieder hinunter zum Lager. Nur zehn Minuten später kamen die Kinder an das Loch und fanden es verbarrikadiert. Hätten sie den Gang nicht noch erforscht, hätten sie herausklettern und Tim auf die beiden Männer hetzen können.

Aber was nutzte das jetzt alles! Sie waren gefangen!

Anne fing an zu weinen, wobei sie versuchte, es die anderen nicht sehen zu lassen. Nobby legte den Arm um sie.

»Kopf hoch, Anne«, versuchte er sie zu trösten. »Es wird schon alles wieder gut.«

»Es hat keinen Zweck hierzubleiben«, meinte schließlich Julius. »Wir suchen uns einen bequemen Platz und essen erst mal was. Dann sieht die Welt schon anders aus. Dann müssen wir uns was einfallen lassen. Ewig können wir nicht hier unten bleiben. Ich könnt' mich sonstwohin beißen, daß mir das passieren mußte!«

Sie gingen durch den Gang zurück und stiegen durch das Loch im Dach in die riesige Höhle. Dort fanden sie ein sandiges Eckchen und setzten sich hin. Julius gab Anne den Rucksack, und sie packte das Essen aus.

»Wir lassen besser nur eine Taschenlampe brennen«, ordnete Julius an. »Wir wissen nicht, wie lange wir hier bleiben müssen, und im Dunkeln können wir gar nichts machen.«

Sofort erloschen die Lampen. Der Gedanke, im Dunkeln hier unten im Berg zu sein, jagte ihnen allen einen Schauer den Rücken hinunter. Anne teilte Butterbrote aus, und die Kinder kauten mehr oder weniger lustlos drauf herum.

Trotzdem fühlten sie sich gleich wohler, nachdem sie etwas gegessen hatten. »Das war gut«, sagte Richard. »Nein, keine Schokolade, Anne. Die brauchen wir vielleicht noch später. Kinder, habe ich Durst!«

»Ich auch«, stimmte ihm Nobby zu. »Meine Zunge hängt heraus wie die von Tim. Kommt, wir trinken was!«

»Was denn?« fragte Anne erstaunt. »Wir haben doch blöderweise nichts mitgenommen.«

»Denkt doch an den Bach!« meinte Nobby. »Da gibt's genug zu trinken. Es schmeckt bestimmt.«

»Hoffentlich«, sagte Julius zögernd. »Besser als nichts ist es auf jeden Fall. Also los!«

Sie liefen durch den langen, gewundenen Gang und kamen an der Nische mit den gestohlenen Gütern vorbei. Weiter ging's, und schließlich gelangten sie in die Höhle, die der Bach durchfloß. Sie schöpften das Wasser mit den Händen und tranken durstig. Das Wasser schmeckte gut, es war klar und eiskalt.

Auch Timotheus trank. Er war ganz durcheinander von diesem sinnlosen Herumgerenne, aber solange Georg bei ihm war, fühlte er sich zufrieden. Wenn es sich seine Herrin in den Kopf setzte, wie ein Wurm unter der Erde zu leben, dann war das wohl in Ordnung, wenn er nur dabeisein konnte.

»Ich möchte gern wissen, ob der Bach wirklich am Hang aus dem Berg tritt«, sagte Julius plötzlich. »Wenn ja, könnten wir hindurchwaten und müßten so doch eigentlich dort rauskommen.«

»Wir werden zwar klatschnaß«, sagte Georg, »aber das macht nichts. Los, wir versuchen es.«

Sie liefen zu der Stelle, wo der Bach in einen Gang verschwand. Julius leuchtete mit seiner Taschenlampe hinein.

»Ich glaube, wir können es wagen«, meinte er. »Das Wasser ist zwar reißend, aber nicht sehr tief. Wißt ihr, ich gehe erst einmal allein und sehe nach, wohin er führt, dann komm' ich zurück und sage euch Bescheid!«

»Nein«, widersprach Georg sofort. »Entweder keiner oder alle. Du wirst womöglich noch von uns abgeschnitten.«

»Einverstanden«, sagte Julius. »Ich wollte nur vermeiden, daß alle naß werden. Also, versuchen wir unser Glück!«

Die Kinder stiegen der Reihe nach in den Bach. Das Wasser drückte gegen ihre Beine, denn es floß sehr schnell. Aber es reichte nur bis an ihre Knie. Im Licht ihrer Taschenlampen wateten sie weiter. Sie waren gespannt, wohin sie der Bach führen würde.

Tim watete manchmal, manchmal schwamm er. Große Freude bereitete ihm die Angelegenheit nicht. Es kam ihm alles so furchtbar dumm vor. Schließlich sprang er auf einen Felsvorsprung, der neben dem Wasser entlanglief.

»Guter Gedanke, Tim«, lobte Julius und kletterte ebenfalls hinauf. Beim Laufen auf dem Felsband mußte er sich allerdings tief bücken, weil er sonst mit dem Kopf oben angestoßen wäre, aber seine Beine steckten wenigstens nicht mehr im eiskalten Wasser. Die anderen folgten seinem Beispiel.

Aber schließlich war der Felsvorsprung zu Ende, und sie mußten wieder ins Wasser, das nun allmählich tiefer wurde.

»Ach du Jammer, es geht mir schon bis an die Hüften«, klagte Anne.

Das Wasser wurde nicht tiefer, aber es schien schneller zu fließen. »Es geht schwach bergab«, meinte Julius. »Vielleicht sind wir in der Nähe der Stelle, wo der Bach aus dem Berg fließt.«

Tatsächlich! In einiger Entfernung sah Julius vor sich ein schwaches Licht. Es war Tageslicht, das durch das hinausfließende Wasser schimmerte, durch das Wasser, das sich rauschend aus dem Loch in den Sonnenschein ergoß!

»Wir haben es gleich geschafft!« rief Julius. »Los, weiter!«

Erleichtert kämpften sich die Kinder durchs Wasser. Bald würden sie im hellen, warmen Sonnenschein sein! Sie könnten nach Pongo sehen und sofort die Polizei alarmieren!

Aber nichts wurde aus diesen Plänen. Zu ihrer riesengroßen Enttäuschung wurde das Wasser jetzt so tief, daß sie nicht weiterwaten konnten.

Nobby blieb erschrocken stehen.

»Ich getraue mich nicht weiter«, sagte er. »Ich kann kaum noch auf meinen Füßen stehen.«

»Ich auch nicht«, klagte Anne ängstlich.

»Vielleicht kann ich hinausschwimmen«, meinte Julius und ruderte los.

Aber er mußte bald aufgeben, denn die Strömung war zu stark für ihn, und er hatte Angst, gegen die Felswände geschleudert und womöglich mit einem Wasserfall nach draußen gespült zu werden.

»Hat keinen Zweck«, sagte er niedergeschlagen. »Es war alles umsonst. Es ist viel zu gefährlich weiterzugehen, und dabei ist das Tageslicht nur ein paar Meter entfernt. Es ist zum Verzweifeln!«

»Wir müssen zurück!« rief Georg. »Tim ertrinkt sonst noch. Es hilft alles nichts, wir müssen den ganzen Weg zurück.«

XX

Neue Aufregung

Verzweifelt und enttäuscht machte sich die kleine Gruppe auf den Weg zurück zur Höhle. Mühsam und langsam ging es vorwärts, denn es war nicht einfach, gegen die Strömung anzukämpfen.

Schließlich konnten sie aus dem eiskalten Wasser steigen. »Wir wollen einige Runden rennen, damit uns warm wird«, schlug Julius vor. »Ich erfriere sonst. Richard, leih mir einen von deinen trockenen Pullovern.«

Die Kinder rannten immer wieder Runden in der Höhle, taten, als jagten sie sich gegenseitig, und versuchten, auf diese Weise warm zu werden. Schließlich hörten sie wenigstens auf, vor Kälte zu bibbern, und sie ließen sich keuchend in den Sand in einer Ecke sinken. So saßen sie eine ganze Weile, bis sie wieder zu Atem kamen.

Dann hörten sie ein Geräusch. Tim hatte es als erster vernommen. Er knurrte. »He! Was ist denn jetzt wieder mit Tim los?« fragte Nobby voller Angst. Er war von allen Kindern am meisten verängstigt, vielleicht weil er in den letzten Tagen so viel durchgemacht hatte.

Sie lauschten. Georg hielt Tim am Halsband. Wieder knurrte das Tier leise. Sie konnten nun ein heftiges Keuchen aus dem Bach an der anderen Seite der Höhle hören.

»Jemand kommt den Bach heraufgewatet«, flüsterte Richard erstaunt. »Ist der etwa an der Stelle hereingekom-

men, durch die wir nicht hinauskonnten? Es kann nicht anders sein.«

»Aber wer?« fragte Julius. »Lou und Dan können es nicht sein. Die kämen doch nicht auf diesem Weg, wenn sie es anders viel leichter hätten. Pssst! Wer es auch sein mag, gleich muß er in der Höhle sein. Ich schalte meine Taschenlampe aus.«

Stockfinster war es in der Höhle, als die Lampe erlosch. Die Kinder saßen da und lauschten gespannt, der arme Nobby zitterte. Tim knurrte erstaunlicherweise nicht mehr. Ja, er wedelte sogar mit dem Schwanz.

Ein Schnaufen am anderen Ende der Höhle, dann leise

Schritte auf sie zu. Anne wollte schreien, ihre Kehle war aber vor Angst wie zugeschnürt. Wer war das?

Julius knipste plötzlich seine Taschenlampe an, und ihr Licht fiel auf eine zusammengekauerte, haarige Gestalt, die im hellen Licht plötzlich zusammenzuckte. Es war – Pongo!

»Pongo!« schrien alle und sprangen auf. Tim rannte hinüber zu dem überraschten Schimpansen und beschnüffelte ihn freudig. Pongo schlang die Arme um Anne und Nobby.

»Pongo! Wo kommst du denn her? Du hast dein Seil durchgebissen!« lobte ihn Julius. »Wie bist du bloß hier reingekommen? Daß du uns gefunden hast! Kluger Pongo!«

Dann entdeckte er die große Wunde am Kopf des armen Tieres. »Um Himmels willen!« rief er aus. »Pongo ist verletzt. Die Kerle müssen ihm einen Stein an den Kopf geworfen haben. Armer alter Pongo!«

»Die Wunde muß ausgewaschen werden«, meinte Anne. »Ich nehme mein Taschentuch.«

Aber Pongo ließ niemanden, noch nicht einmal Nobby, an sich heran. Er schnappte nicht nach den Kindern, knurrte auch nicht, aber er hielt einfach ihre Hände fest. So konnte niemand in die Nähe seiner Wunde.

»Macht nichts«, sagte schließlich Nobby. »Die Wunden von Tieren heilen meist sehr schnell ohne menschliche Hilfe. Außerdem ist er sowieso klatschnaß. Diese gemeinen Kerle haben Pongo fast umgebracht!«

»He!« schrie plötzlich Richard. »Hört mal zu! Ich weiß was!«

»Was?« fragten die anderen gespannt.

»Wie wäre es denn, wenn wir Pongo einen Brief an den Hals binden und ihn damit ins Lager schicken würden?« sagte Richard. »Er geht bestimmt nicht zu Lou oder Dan, vor denen er solche Angst hat, aber sicher zu irgend jemand anderem. Vielleicht zu Larry. Der scheint ein anständiger Kerl zu sein.«

»Versteht er das aber alles?« warf Julius zweifelnd ein.

»Versuchen können wir's«, meinte Nobby. »Zum Spaß habe ich ihn schon manchmal hin und her geschickt. Er mußte zum Beispiel den Schläger für den Elefanten zu Larry oder meine Jacke in den Wagen bringen.«

»Großartig«, sagte Richard. »Ich hab' Notizbuch und Bleistift dabei. Ich schreib' einige Zeilen, wickle sie in ein zweites Blatt Papier, stecke beides zusammen und binde es mit etwas Bindfaden um Pongos Hals.«

> Hilfe!! Wir sind gefangen! Bitte, kommen Sie zur Höhle, wo unsere Wohnwagen stehen. Unter dem roten ist der Eingang zu einem unterirdischen Gang. Wir sind im Berg gefangen. Befreien Sie uns schnell!!
>
> Julius, Richard, Georg, Anne und Nobby

Er las vor, was er geschrieben hatte. Dann band er die Nachricht um Pongos Hals. Pongo war erstaunt, versuchte aber nicht, das kleine Päckchen abzureißen.

»Nun gib ihm einen Befehl«, sagte Richard. Nobby sprach langsam und einprägsam zu dem Schimpansen.

»Wo ist Larry? Geh zu Larry, Pongo! Hol Larry! Geh! Geh!«

Pongo blinzelte ihn an und schnatterte leise, als wollte er sagen: »Bitte, Nobby, laß mich hier!«

Nobby wiederholte seine Worte. »Hast du verstanden, Pongo. Geh zu Larry! Geh! Geh!«

Und jetzt drehte sich Pongo um und – ging. Er verschwand plätschernd im Bach und suchte sich seinen Weg. Die Kinder sahen ihm nach, solange sie ihn noch im Licht ihrer Taschenlampe erkennen konnten.

»Er ist wirklich klug«, sagte Anne. »Er ist nicht gern gegangen. Hoffentlich findet er Larry, und hoffentlich entdeckt dieser auch die Nachricht und schickt jemand zu unserer Befreiung.«

»Und hoffentlich wird der Zettel nicht zu naß und unleserlich«, fügte Julius hinzu. »Ich friere wie ein Schneider, kommt, wir machen uns noch etwas Bewegung und essen dann von der Schokolade.«

Sie spielten eine Weile Nachlaufen, bis ihnen wärmer geworden war. Dann setzten sie sich wieder hin, aßen Schokolade und gaben einander zum Zeitvertreib Rätsel auf. Tim schmiegte sich fest an Julius, und der Junge war sehr froh darüber. »Wie eine Wärmflasche«, sagte er. »Komm näher, Tim. So ist's recht. Du wärmst mich wieder auf.«

Es wurde bald langweilig, im Licht einer einzigen Taschenlampe zu sitzen, denn sie wagten noch immer nicht, alle zu benutzen. Es schien schon so, als brenne die von

Julius bereits schwächer. Sie spielten alle Spiele, die sie kannten, und dann gähnte Anne.

»Wie spät ist es? Draußen wird es bestimmt schon dunkel. Ich bin so müde.«

»Es ist gleich neun«, sagte Julius. »Pongo wird wohl jetzt im Lager sein. Hoffentlich hat er jemanden gefunden. Dann muß die Hilfe bald da sein.«

»Wollen wir nicht in den Gang gehen, der zu der Öffnung führt?« schlug Richard vor und stand auf. »Es ist unwahrscheinlich, daß Larry, oder wer sonst kommt, die Steigeisen in der kleinen Höhle entdeckt. Sie wissen dann nicht, wo wir sind.«

Der Vorschlag wurde angenommen. Wieder wanderten sie durch den Gang an den versteckten Schätzen vorbei und kamen in die große Höhle. Neben dem Loch, das in die kleine Höhle führte, war ein sandiges Plätzchen, und die Kinder beschlossen, sich hier hinzusetzen, anstatt in dem Gang oder der unbequemen kleinen Höhle zu bleiben. Sie legten sich wegen der Kälte dicht nebeneinander.

Anne und Nobby dösten ein, und auch Georg überwältigte der Schlaf. Aber die Jungen blieben munter und unterhielten sich leise. Tim hatte den Kopf auf die Pfoten gelegt und ein Ohr aufgerichtet. So ganz geheuer war ihm die Sache nicht.

Nach einer Zeit, die ihnen unendlich lang erschien, setzte sich Tim auf und knurrte. Die beiden Jungen fuhren zusammen. Sie hörten aber nichts. Doch der Hund knurrte lauter.

Julius rüttelte die anderen aus dem Schlaf. »Es scheint Hilfe zu kommen«, flüsterte er. »Aber wir rühren uns nicht, falls es Lou und Dan sind.«

Mit einem Schlag waren alle hellwach. Kam Larry, oder waren es Tiger Dan und Lou, diese Schurken?

Sie sollten es bald genug erfahren. Plötzlich erschien ein Kopf in dem Loch, und eine Taschenlampe strahlte sie an.

Tim zog die Lefzen zurück, knurrte fürchterlich und wollte sich auf den Kopf stürzen, aber Georg hielt ihn am Halsband fest, weil sie glaubte, es sei Larry.

Aber es war Lou, wie die Kinder nur zu schnell erkannten, als er zu sprechen anfing.

»Hoffentlich habt ihr euch gut unterhalten, ihr Kleinen«, höhnte er. »Und halt ja den Hund zurück, oder ich erschieße ihn. Seht hier meine Pistole!«

Zu Georgs Schrecken sah sie Lous Pistole auf den armen Tim gerichtet. Sie schrie auf und warf sich vor das Tier. »Wagen Sie nicht, meinen Hund zu erschießen! Ich – ich – ich...«

Ihr fiel gar nicht so schnell die schlimmste Drohung ein, womit sie den Mann einschüchtern wollte. Vor Tränen und Wut versagte ihr die Stimme. Tim begriff nicht, warum Georg ihn nicht auf seinen Feind losgehen ließ.

»Jetzt steht auf und marsch in den Gang da«, befahl Lou drohend. »Los immer vor mir her und wagt nicht stehenzubleiben. Wir haben heute noch viel Arbeit und keine Lust, uns weiter von blöden Bälgern stören zu lassen. Verstanden?«

Die Kinder verstanden sehr gut. Sie gingen auf den Gang zu und traten eines nach dem anderen hinein. Georg mit Tim zuerst. Sie wagte nicht, sein Halsband loszulassen. Einige Schritte hinter ihnen folgte Lou mit entsicherter Pistole. Jetzt sahen sie auch Dan, der zwei große Säcke trug.

Die Kinder mußten an der Nische vorbeigehen, in der die gestohlenen Sachen lagen. Lou stellte sich in den Gang, so daß er jedes Kind sehen konnte. Noch immer hatte er die Pistole auf Tim gerichtet.

»Mach schon, beeil dich«, sagte er zu Tiger Dan. »Du weißt ja, was zu tun ist.«

Dan begann die Sachen in einen der großen Säcke zu stopfen. Dann verschwand er damit. Nach zehn Minuten kam er

wieder und füllte den anderen Sack. Klar, die Männer wollten auf diese Weise das Diebesgut wegschaffen.

»Habt wohl geglaubt, eine schöne Entdeckung gemacht zu haben?« fragte Lou höhnisch. »Habt euch eingebildet, besonders schlau zu sein! Ihr seht ja, was so Schlaubergern passiert, ihr sitzt jetzt in der Falle, und da bleibt ihr noch 'n paar Tage drin! Macht's euch nur recht gemütlich!«

»Was meinen Sie damit?« fragte Julius aufgebracht. »Sie wollen uns hier doch nicht etwa verhungern lassen?«

»Verhungern nicht, wir haben euch doch gern«, sagte Lou grinsend. »Wir werfen euch etwas Futter runter. Und in zwei, drei Tagen wird euch vielleicht jemand befreien.«

Julius setzte seine ganze Hoffnung auf Pongo. Vielleicht brachte er Hilfe, bevor Lou und Dan mit ihrer Arbeit fertig waren und sie als Gefangene zurückließen. Er beobachtete Dan. Dieser arbeitete wie rasend, packte alles ein, trug die schweren Säcke fort, kehrte wieder zurück und packte fieberhaft weiter. Lou stand noch immer mit Lampe und Pistole da und ergötzte sich an den verstörten Kindern. Julius und Richard gaben sich zuversichtlicher, als sie sich fühlten.

Tiger Dan keuchte mit einer neuen Ladung davon. Doch er war kaum eine halbe Minute fort, als ein Schmerzensschrei durch den Gang hallte.

»Lou, Hilfe! Hilfe! Ich werd' angegriffen! Hilfe!«

Lou stürzte in den Gang.

»Das ist Pongo! Jede Wette!« sagte Julius aufgeregt.

XXI

Richard hat einen großartigen Einfall

»Möglich«, sagte Richard. »Das hört sich allerdings so an, als wär' Pongo allein. Vielleicht ist er nur so rumgelaufen und dann hinter Dan hergerannt. In dem Falle geht's ihm schlecht, Lou schießt ihn glatt nieder, und mit der Befreiung ist's Essig. Ich versuch', mich in der großen Höhle zu verstecken.«

»Wozu das?« fragte Julius verblüfft.

»Sei doch nicht so schwer von Begriff! Ich kann vielleicht zum Ausgang rennen und hinaussteigen, ohne daß die Männer mich sehen«, sagte Richard und stand auf. »Dann kann ich Hilfe holen, kapierst du jetzt? Ihr macht euch aber hier lieber aus dem Staub und versteckt euch. Wenn die Schufte spitzkriegen, daß einer verschwunden ist, drehen die durch. Also verduftet!«

»Sei aber vorsichtig!« rief Anne ihm nach.

Ohne ein weiteres Wort ging der Junge den Gang hinab, vorbei an der Nische, wo nicht mehr viel Sachen übriggeblieben waren, und kam dann in die riesige Höhle.

Hier herrschte gewaltiger Lärm, denn Pongo schien beide Männer gleichzeitig angegriffen zu haben. Ihre Lampen waren erloschen, und Lou wagte nicht zu schießen, weil er Dan hätte treffen können. Es war stockdunkel. Richard konnte nur das Schreien und Fluchen der Männer und Pongos Grunzen und Knurren hören. Er versuchte, dem Kampfgetümmel auszuweichen, tastete sich an der Wand entlang und gelangte schließlich zu der Öffnung, die in den ersten Gang hinunterführte. Im Gang wagte er dann, seine Taschenlampe anzuschalten.

Endlich war er im Freien! Er wollte losrennen, um Hilfe zu holen, doch dann überlegte er, daß die Männer ja genauso entwischen und sich aus dem Staub machen konnten!

Wenn er nun die Bretter über das Loch legte, und dann einige schwere Steine daraufrollte?

In großer Hast schleppte Richard die Bretter herbei und legte sie über den Einstieg. Dann suchte er im Schein seiner Taschenlampe Steine. Einige kleine Felsbrocken lagen ganz in der Nähe. Er konnte sie nicht hochheben, es gelang ihm aber, sie auf die Bretter zu rollen. Plumps! Einen nach dem anderen wälzte er darüber. Jetzt konnte niemand mehr die Bretter bewegen.

Nun sind zwar alle eingesperrt, dachte Richard, aber anders geht es nicht. Hoffentlich hatte Julius ein sicheres Versteck gefunden! Und nun rannte Richard los.

Unten im Berg hatten die Männer endlich den Schimpansen von sich abgeschüttelt. Sie waren schlimm zerbissen und zerkratzt, aber Pongo war infolge seiner schweren Kopfwunde nicht ganz so wild und stark wie sonst. Die Gauner konnten ihn schließlich verjagen, und er trollte sich in Richtung auf den Gang davon, wo er die Kinder witterte. Lou tastete nach seiner Taschenlampe und merkte, daß er sie zum Leuchten bringen konnte, obgleich sie beschädigt war, wenn er sie ein paarmal heftig auf den Boden schlug. Er richtete den Strahl auf Dan.

»Wir Idioten hätten uns denken können, daß dieses Affenbiest sich hier irgendwo rumtreibt!« zeterte Dan. »Ich hab' schon gedacht, ich müßt' ins Gras beißen! Wenn ich den erwisch'! Dem jag' ich 'ne Kugel durch den Kopf! Ein Glück, daß er zuerst den Sack und nicht mich erwischt hat.«

»Los, wir holen den Rest von dem Zeug und hauen ab!« rief Lou, durch dessen zerfetzte Hosenbeine das Blut sikkerte. »Den Bälgern jagen wir noch 'nen tüchtigen Schrekken ein, daß ihnen Hören und Sehen vergeht. Vergiß bloß nicht, den Einstieg zu verrammeln!«

»Ich hab' keine Lust, noch mal mit dem Schimpansen zusammenzustoßen«, meinte Dan. »Wir lassen den Rest zurück und hauen ab!«

Lou war einverstanden. Er ließ seine Taschenlampe angeschaltet und folgte Dan mit schußbereiter Pistole zu dem Loch, das in die erste Höhle führte. Sie stiegen hinunter und eilten durch den Gang, nur darauf bedacht, ins Freie zu gelangen und mit ihrem Wagen in Nacht und Nebel zu verschwinden.

Ein furchtbarer Schreck durchzuckte sie, als sie entdeckten, daß das Loch zu war. Lou leuchtete mit seiner Lampe nach oben und starrte entsetzt die Unterseite der Bretter an. Jetzt waren sie es, die in der Falle saßen!

Tiger Dan verlor die Beherrschung. Einer seiner gefürchteten Wutanfälle überkam ihn, er trommelte wie ein Wahnsinniger gegen die Bretter. Aber die schweren Steine hielten, und der Tobende mußte wieder zu Lou hinunterspringen.

»Ich kann sie nicht bewegen. Jemand muß den Wagen wieder daraufgestellt haben. Wir sind gefangen!«

»Aber wer hat uns eingesperrt?« schrie Lou, außer sich vor Zorn. »Die Kinder! Sind die etwa raus?«

»Los, nachschauen!« brüllte Tiger Dan. »Na warte, das werden die bereuen!«

Die beiden Verbrecher rannten in den Gang. Die Kinder waren nicht da.

Die Kinder waren Julius durch den Gang in die Höhle mit dem Bach gefolgt. Aber sie fanden keine geeignete Zuflucht.

»Ich wüßte nicht, wo wir uns verstecken könnten«, sagte

Julius verzweifelt. »Es hat keinen Zweck, wieder durch das Wasser zu waten, von da gibt es überhaupt kein Entkommen, wenn die Männer uns folgen.«

»Still! Ich höre was«, zischte Georg. »Licht aus, Julius!«

Die Lampe verlosch, und die Kinder warteten im Dunkeln. Tim knurrte nicht. Im Gegenteil, Georg merkte, daß er mit dem Schwanz wedelte.

»Es ist ein Freund«, flüsterte sie. »Dort drüben, vielleicht Pongo. Licht an!«

Der Strahl der Taschenlampe erfaßte den Schimpansen, der durch die Höhle auf sie zutrottete. Nobby stieß einen Freudenschrei aus.

»Da ist der alte Pongo wieder!« rief er. »Pongo, warst du im Lager? Hast du Hilfe mitgebracht?«

»Nein, war er nicht«, sagte Julius und deutete auf den Hals des Affen. »Da ist unser Brief noch. Mist!«

»Er ist klug, aber doch wohl nicht klug genug, um einen so schwierigen Auftrag zu verstehen«, sagte Georg.

»Ach, Pongo, du warst unsere letzte Rettung. Aber vielleicht kommt Richard raus und bringt Hilfe. Wo sollen wir uns bloß so lange verstecken?« fragte Nobby ziemlich kläglich.

»Bachaufwärts!« schlug plötzlich Anne vor. »Wir haben versucht, abwärts zu gehen, aufwärts aber noch nicht. Vielleicht bringt das was!«

»Versuchen können wir's«, meinte Julius etwas zweifelnd. Er hatte genug vom Waten durch das Wasser. »Leuchten wir mal den Gang aus, dann sehen wir ja, ob's geht.«

»Ich glaube, wir können auf dem Felsvorsprung daneben laufen«, stellte er fest, nachdem er den Gang ausgeleuchtet hatte. »Aber wir müssen uns tief bücken und aufpassen, daß wir nicht abrutschen; denn die Strömung ist hier reißend.«

»Ich gehe voraus«, sagte Nobby, »und du machst den Schluß, Julius. Wir nehmen die Mädchen mit Pongo und Tim in die Mitte.«

Mit diesen Worten kletterte er auf den schmalen Vorsprung in dem Felsengang, der sich nur wenige Zentimeter über dem rauschenden Wasser entlangzog. Dann kam Pongo. Es folgten Anne, Georg und Tim und zuletzt Julius.

Aber gerade als Julius verschwand, stürzten die beiden Männer in die Höhle, und zufällig fiel das Licht von Lous Lampe genau auf Julius. Er schrie:

»Da ist einer, Dan, los, schnapp ihn dir!«

Die Gauner rannten an den Bach, und Lou erwischte als erster den Jungen und zog ihn zurück.

Anne schrie auf, als sie sah, daß Julius zurückgerissen wurde.

»Jetzt geht's euch an den Kragen, Saubande!« brüllte Lou. »Ich hab' ein Schießeisen und leg' das Viehzeug um, sobald es sich blicken läßt! Haltet sie fest, wenn ihr wollt, daß sie weiterleben.«

Er stieß Julius seinem Komplizen in die Arme, der den Jungen am Kragen packte. Lou leuchtete wieder in den Gang, um die Kinder zu zählen. »Ha, da ist Nobby«, sagte er. »Los, komm raus, du Ratte!«

»Wenn ich komme, kommt Pongo auch!« schrie Nobby. »Das weißt du doch. Und er hängt dir an der Kehle, bevor du ihn mit deinem Schießeisen erwischt hast.«

Lou zögerte. Er hatte Angst vor dem großen Schimpansen. »Dann bleibst du mit ihm drinnen«, befahl er. »Auch die Kleine kann bei dir bleiben und den Hund halten. Hoffentlich säuft sie ab! Aber der andere Bengel muß raus!«

Er hielt Georg für einen Jungen. Sie antwortete sofort: »Ich kann nicht kommen. Der Hund läuft mir nach, und ich will nicht, daß er erschossen wird.«

»Raus mit dir«, wiederholte Lou drohend. »Ich will euch Drecksbande zeigen, was mit Kerlen geschieht, die uns in die Quere kommen! Nobby weiß, was das heißt. Und jetzt seid ihr zwei dran.«

Dan rief ihm zu: »Es muß noch ein Mädchen da sein! Nobby hat gesagt, es sind zwei Mädchen und zwei Jungen. Wo ist das andere Mädchen?«

»Sicher weiter drinnen«, meinte Lou. »Los, du Würstchen, komm jetzt!«

Anne fing an zu weinen. »Geh nicht, Georg, geh nicht!«

»Mund halten!« fuhr Georg sie an. »Wenn die rauskriegen, daß ich ein Mädchen bin, wissen sie, daß Richard fehlt, und werden noch wütender. Halt, Tim!«

Anne umklammerte das Halsband mit zitternder Hand. Georg machte sich auf den Weg zurück in die Höhle. Aber Julius konnte nicht zulassen, daß Georg etwas passierte. Er schlug um sich und wehrte sich nach Kräften.

Lou schnappte sich Georg, als sie aus dem Gang kam, und

im selben Augenblick streckte Julius das Bein und versetzte Dans Taschenlampe einen Tritt, daß sie ihm aus der Hand flog. Sie landete krachend am Felsen und erlosch. Jetzt lag die Höhle im Dunkel.

»Georg, lauf mit Anne in den Gang zurück!« schrie Julius. »Tim, Tim, hierher! Pongo, komm!«

»Tim soll nicht getötet werden!« rief Georg verzweifelt, als der Hund an ihr vorbeiraste.

Noch während sie sprach, ertönte ein Schuß. Es war Lou, der aufs Geratewohl blind in die Richtung geschossen hatte, wo er Tim vermutete. Georg schrie auf.

»Oh, Tim, Tim! Bist du getroffen worden?«

XXII

Das Abenteuer geht zu Ende

Nein, Tim war nicht verwundet. Das Geschoß pfiff an seinem Kopf vorbei und schlug gegen die Höhlenwand. Der Hund fuhr Lou an die Beine. Mit einem dumpfen Aufschlag stürzte der Mann zu Boden, und die Pistole flog aus seiner Hand. Julius hörte sie über den Höhlenboden rutschen und atmete erleichtert auf.

»Schnell, Georg, Licht!« rief er. »Gott sei Dank, da ist auch Pongo!«

Tiger Dan schrie vor Entsetzen auf, als er im Licht der Taschenlampe den Schimpansen auf sich losstürmen sah. Er schlug dem Affen mit aller Kraft ins Gesicht, so daß er umfiel, und wandte sich zur Flucht. Lou bemühte sich, Tim von seiner Kehle fernzuhalten, und schlug wie rasend auf den wütenden Hund ein.

Dan rannte in den Gang und blieb wie versteinert stehen. Vier stämmige Polizisten, geführt von Richard, traten heraus. Ihre Pistolen waren auf die Verbrecher gerichtet. Dan nahm sofort die Hände hoch.

»Tim! Zurück!« befahl Georg, als sie merkte, daß Tim nicht mehr zu helfen brauchte. Tim warf ihr einen vorwurfsvollen Blick zu, der sagen wollte: Darf ich ihn nicht auffressen? Dann sah er die vier Polizisten und bellte wütend. Was! Noch mehr Feinde. Er würde sie alle fressen!

»Polizei!« rief der vorderste der Polizisten. »Das Spiel ist aus! Aufstehen, der da am Boden! Los!«

Mühsam rappelte Lou sich auf. Tim hatte ihn böse zugerichtet. Das Haar hing ihm ins Gesicht, seine Kleider waren zerfetzt. Mit verzerrtem Gesicht starrte er die Polizisten an. Wo kamen die her? Dann sah er Richard.

»Da ist also doch einer raus!« keuchte er wutentbrannt und wollte sich auf Richard stürzen. »Na warte...«

»Maul halten, Louis Allburg! Stehenbleiben und Flossen hoch!« fuhr ihn der Inspektor an. »Ihr seid verhaftet! Auf dem Revier habt ihr noch genug Gelegenheit zum Reden. Ich glaub', ihr habt uns eine ganze Menge zu erklären.«

»Richard! Wie hast du das so schnell geschafft?« rief Julius und ging zu seinem Bruder. »Ich hab' dich erst in einigen Stunden erwartet. Du warst doch nicht im Dorf, oder?«

»Nein, ich bin auf den Bauernhof gerannt, und die Macks haben telefonisch die Polizei alarmiert«, erklärte Richard grinsend. »Ist alles in Ordnung? Wo ist Anne? Und Nobby?«

»Da, sie kommen gerade aus dem Gang«, sagte Julius und schwang seine Lampe. Richard sah Annes weißes, verstörtes Gesicht und ging zu ihr.

»Jetzt ist alles wieder gut«, tröstete er sie. »Das Abenteuer ist zu Ende, Anne! Du darfst wieder lachen.«

Es wollte ihr aber noch nicht so recht gelingen. Pongo nahm Anne bei der Hand, und seine zärtlichen Laute zwangen sie jetzt doch zu einem Lächeln.

Lou fuhr herum und starrte sie an. Dann blickte er auf Julius und Richard und dann auf Anne.

»Da war also überhaupt nur *ein* Mädchen!« stellte er wütend fest. »Was hast du von zwei Jungen und zwei Mädchen gefaselt?« fauchte er Nobby an.

»Weil's stimmt«, gab Nobby zur Antwort. Er deutete auf Georg. »Sie ist ein Mädchen. Und sie ist so tapfer wie ein Junge.«

Georg war stolz. Sie blickte Lou herausfordernd an. Er wand sich im Griff eines kräftigen Polizisten, und Tiger Dan wurde von zwei anderen festgehalten.

»Wir verlassen jetzt am besten diesen düsteren Ort«, sagte der Inspektor und steckte das Notizbuch weg, in das er zuvor einige Aufzeichnungen gemacht hatte. »Marsch, los!«

Julius führte die Gruppe durch den Gang. Er zeigte den Polizisten die Nische, wo die Männer ihre Sachen aufbewahrt hatten, und der Inspektor nahm den Rest der Gegenstände, die dort noch lagen, an sich. Tiger Dan fluchte ständig vor sich hin.

»Kommen sie ins Gefängnis?« flüsterte Anne Richard zu.

»Da kannst du Gift drauf nehmen«, antwortete Richard. »Da gehören sie schon lange hin. Seit vier Jahren ist die Polizei hinter ihnen her.«

Lou und Dan wurden draußen im Freien Handschellen angelegt, und dann verfrachtete man sie in den großen schwarzen Polizeiwagen, der etwas abseits bereitstand.

»Und jetzt, Kinder?« fragte der Inspektor, als er am Steuer des Wagens saß. »Wollt ihr nicht mit in die Stadt kommen nach all den aufregenden Abenteuern?«

»O nein, vielen Dank«, erwiderte Julius. »An Abenteuer sind wir gewöhnt. Wir haben schon viele erlebt. Mit Pongo und Tim kann uns hier nichts passieren.«

»Na, wenn ihr mich fragt, ich halte einen Schimpansen nicht gerade für die angenehmste Gesellschaft«, meinte der Inspektor. »Aber die Geschmäcker sind schließlich verschieden. Morgen kommen wir wieder, sehen uns alles an und stellen euch dann einige Fragen. Einstweilen vielen Dank für eure unschätzbare Hilfe bei der Ergreifung dieser beiden Halunken!«

»Was ist mit dem Wagen mit dem ganzen geklauten Zeug?« fragte Richard. »Wollen Sie den etwa hier oben lassen?«

»O nein, bestimmt nicht, einer meiner Leute fährt ihn hinunter«, erwiderte der Inspektor und nickte einem Polizisten zu, der neben ihm stand. »Er kann mit Pferden umgehen. Also, gute Nacht. Bis morgen.«

Der Motor heulte auf. Der Inspektor legte den ersten Gang ein, löste die Bremse, und der Wagen rollte auf dem gewundenen Weg den Berg hinunter. Der Polizist folgte langsam mit dem Pferdewagen.

»Geschafft!« sagte Julius erleichtert. »Da haben wir noch mal Schwein gehabt! Das wär' um ein Haar schiefgegangen. Mann, Richard, war ich froh, daß du so schnell mit den Schupos aufgekreuzt bist! Das war wirklich ein Geistesblitz, vom Bauernhof aus zu telefonieren.«

Richard mußte gähnen. »Es ist Mitternacht vorbei«, sagte er nur. »Ich bin hundemüde. Aber ich hab' so einen Hunger, daß ich unbedingt noch was essen muß, bevor ich in mein Bett falle!«

»Richtest du uns etwas, Anne?« fragte Julius.

»Ich will mal sehen«, sagte sie, »was da ist.«

Sie machte Ölsardinenbrote und öffnete dazu eine Büchse mit Pfirsichen. So ein Mitternachtspicknick war genau das richtige nach all den Aufregungen. Sie saßen dazu in Georgs Wagen auf dem Boden. Pongo futterte, was er kriegen konnte, und Tim nagte an einem Knochen.

Sie waren nach dem Essen alle so müde, daß sie sich gar nicht erst auszogen. Wie sie waren, kletterten sie in ihre Betten und schliefen sofort ein. In dieser Nacht störte sie niemand!

Die Kinder schliefen bis tief in den nächsten Morgen hinein. Lautes Klopfen am Wagen weckte sie. Julius sprang mit einem Satz aus dem Bett und rief: »Ja! Wer ist da?«

»Wir sind es«, sagte eine vertraute Stimme, und die Tür ging auf. Bauer Mack und seine Frau schauten herein und sahen beide sehr besorgt aus.

»Wir müssen doch erfahren, was los war«, erklärte der Bauer. »Nachdem du gestern mit den Polizisten abgefahren bist, haben wir uns doch Sorgen gemacht. Ist alles gutgegangen?«

»Ich hätte Ihnen eigentlich Bescheid sagen müssen«, entschuldigte sich Richard, der noch im Bett saß. »Aber ich hab's vor lauter Aufregung vergessen. Die beiden Gauner sind verhaftet worden. Es waren lange gesuchte Einbrecher. Wir kommen nachher zu Ihnen und erzählen alles ganz genau. Das war vielleicht eine aufregende Nacht!«

»Ja, kommt rüber und erzählt«, sagte Frau Mack. »Schaut, ich hab' euch was zu essen mitgebracht. Für 'ne Sonderration habt ihr jetzt bestimmt Verwendung. Verbrecher jagen macht Appetit.«

Sie hatte zwei Körbe voll guter Sachen dabei. »Allerdings«, sagte Richard lachend. »Und von Höhlen und kalten Bächen haben wir erst einmal die Nase voll. Danke, Frau Mack.«

Nobby und Pongo rollten plötzlich aus ihrem Stapel von Decken. Frau Mack schrie auf.

»Hilfe, was ist das denn? Ein Affe?«

»Sogar ein Menschenaffe«, erklärte Nobby. »Aber er tut Ihnen nichts. He, nimm deine Pfote aus dem Korb!«

Pongo, der gehofft hatte, seine kleine Dieberei wäre unbemerkt geblieben, bedeckte das Gesicht mit seinen haarigen Pfoten und schielte durch die Finger nach Frau Mack.

»Jetzt schau dir das an, ist der nicht zum Schreien komisch?« rief die Bäuerin ihrem Mann zu.

»Na ja, wie man's nimmt. Mein Fall is' er nicht gerade«, meinte der Bauer.

»Wir müssen leider wieder gehen«, sagte Frau Mack. »Aber vergeßt ja nicht, ihr müßt uns noch 'ne Menge erzählen. Wir sind schrecklich neugierig.«

»Sind sie nicht nett?« fragte Anne, die gerade aus ihrem

Wagen kam, als sich der Bauer mit seiner Frau wieder auf den Rückweg machte. »Donnerwetter, das gibt ein Frühstück! Speck, Tomaten, Radieschen, Salat, wer will Honig?«

»Genau das richtige für Superdetektive wie uns«, meinte Julius. »Kommt, wir frühstücken jetzt gleich!«

Aber Anne bestand darauf, daß sich alle erst wuschen und kämmten. »Es schmeckt viel besser, wenn ihr sauber seid«, sagte sie. »Wir sehen alle wie Schornsteinfeger aus. Fünf Minuten, dann erwartet euch ein fabelhaftes Frühstück!«

»Zu Befehl!« Nobby grinste und ging mit den anderen zum Waschen an die Quelle. Danach konnten sie sich endlich ihr wohlverdientes Frühstück schmecken lassen.

XXIII

Leb wohl, Nobby – lebt wohl, ihr fünf Freunde!

Bevor sie mit dem Frühstück fertig waren, kam der Polizeiwagen herauf. Den Inspektor begleitete ein Polizist, der alles zu Protokoll nehmen sollte.

»Donnerwetter!« rief der Inspektor, als er das reichhaltige Frühstück sah. »Ihr lebt ja nicht schlecht, das muß ich schon sagen.«

»Wollen Sie auch was davon?« fragte Anne. »Wir haben genug.«

»Danke, da sag' ich nicht nein«, sagte der Inspektor und setzte sich zu den Kindern. Der andere Polizist lief inzwischen um den Wagen herum und besichtigte alles ganz genau. Der Inspektor ließ sich das Frühstück schmecken, und die Kinder berichteten über ihr außergewöhnliches Abenteuer.

Der Polizist hatte mittlerweile die Besichtigung des Tatortes abgebrochen und machte sich Notizen über das, was die Kinder erzählten.

»Die Gauner müssen vor Wut fast explodiert sein, als sie entdeckten, daß euer Wagen genau auf dem Eingang zu ihrem Versteck stand«, meinte der Inspektor.

»Haben Sie die Sachen eigentlich schon untersucht?« fragte Richard neugierig. »Sind sie sehr wertvoll?«

»Unbezahlbar«, antwortete der Inspektor. »Einfach unschätzbar. Die Gauner haben offensichtlich nur Dinge gestohlen, deren großer Wert ihnen bekannt war. Sie

versteckten das geraubte Gut ein, zwei Jahre, bis Gras über die Sache gewachsen war, und schafften es zu Freunden nach Holland und Belgien.«

»Tiger Dan ist oft im Zirkus in Holland aufgetreten«, bestätigte Nobby. »Er hat mir davon erzählt. Er hat überall in Europa Freunde.«

»Ja, es war leicht für ihn, seine Beute im Ausland abzusetzen«, berichtete der Inspektor. »Heute wollte er sich nach Holland verdrücken, zusammen mit dem anderen Gauner, es war schon alles für den Verkauf der Sachen vorbereitet. Ihr seid gerade im richtigen Augenblick aufgetaucht.«

»Was für ein Glück!« sagte Georg. »Fast hätten sie es doch geschafft. Wenn Richard nicht rausgeschlichen wär', würden wir noch immer gefangen im Berg sitzen, und Lou wäre mit Dan schon fast in Holland!«

»Das habt ihr wirklich klug angestellt«, lobte der Inspektor – und blickte verlangend nach dem Honigtopf. »Das ist aber guter Honig. Ich muß mir bei Frau Mack auch welchen kaufen.«

»Möchten Sie noch etwas?« fragte Anne, die sich wieder auf ihre Hausfrauenpflichten besann. »Nehmen Sie nur. Wir haben auch noch Brot.«

»Ja, gern«, sagte der Inspektor, nahm eine neue Scheibe Brot und bestrich sie dick mit gelbem Honig. Auch der andere Polizist ließ sich nicht lange bitten und griff tüchtig zu. Es sah bald so aus, als bliebe für Pongo nichts mehr zum Auslecken.

»Wißt ihr, daß dieser Lou ein paar besonders aufsehenerregende Einbrüche verübt hat?« erzählte der Inspektor. »Einmal ist er vom dritten Stock eines Hauses über die Straße in den dritten Stock eines anderen Gebäudes gelangt – und niemand weiß wie.«

»Nichts einfacher als das für Lou«, fiel Nobby ein, der alle Scheu vor dem Inspektor verloren hatte. »Er braucht nur ein Seil hinüberzuwerfen, mit einer Schlinge etwa um das Ende einer Regenrinne, es straff zu spannen und hinüberzulaufen. Er ist großartig auf dem Hochseil.«

»Klar, er ist ja Akrobat!« rief der Inspektor. »Daran habe ich noch gar nicht gedacht. Nein, danke, keinen Honig mehr. Der Schimpanse frißt mich sonst auf, wenn ich ihm nichts zum Auslecken übriglasse.«

Pongo nahm jetzt den Topf, setzte sich hinter einen der Wagen und tauchte seine große rote Zunge in die Honigre-

ste. Als Tim angerannt kam, um nachzusehen, was los war, hielt Pongo den Topf hoch über sich und schnatterte den Hund an.

»Jarra-jarra-jarra-jarra!« schimpfte er. Tim schaute ganz erstaunt und ging dann wieder zu Georg, die gebannt zuhörte, was der Inspektor über die unterirdischen Höhlen erzählte.

»Sie sind sehr alt«, sagte er. »Früher war der Eingang ein Stück weiter unten am Berg, wurde aber durch einen Erdrutsch verschüttet. Niemand machte sich die Mühe, ihn wieder freizulegen, weil die Höhlen nichts Besonderes bieten.«

»Aber das stimmt doch nicht«, widersprach Anne. »Denkt nur an die leuchtenden Wände.«

»Ich vermute nun, daß Lou und Dan durch Zufall den zweiten Eingang gefunden haben«, fuhr der Inspektor fort. »Und wahrscheinlich hätten sie noch jahrelang weiter gestohlen und die Beute hier versteckt, wenn wir nicht zufällig unsere Wagen gerade hier hingestellt hätten«, sagte Julius. »Das nennt man Pech!«

»Ich meine eher, das nennt man Glück!« sagte der Inspektor. »Wir hatten die beiden schon immer im Verdacht, ein paarmal haben wir auch den Zirkus durchsucht, aber sie waren anscheinend immer schon gewarnt und hatten die Sachen rechtzeitig hier heraufgeschafft!«

»Waren Sie unten im Lager?« fragte plötzlich Nobby. Der Inspektor nickte.

»O ja. Heute morgen, wir haben jeden befragt. Es gab mächtig Unruhe!«

Nobby schaute unglücklich vor sich hin. »Was ist los, Nobby?« fragte Anne, die das bemerkte.

»Es wird mächtigen Stunk geben, wenn ich ins Lager zurückkomme«, erklärte Nobby. »Sie werden sagen, ich bin schuld, daß die Polizei erschienen ist. Wir haben nicht gern Polizei im Lager. Sie werden stinksauer auf mich sein. Am liebsten würd' ich gar nicht mehr zurückgehen.«

Niemand sagte etwas. Sie überlegten alle, wieso Nobby noch etwas geschehen konnte, da sein Onkel Dan doch im Gefängnis saß.

Dann fragte ihn Anne: »Bei wem wohnst du jetzt im Lager, Nobby?«

»Ach, irgend jemand nimmt mich auf und läßt mich dann schwer schuften«, sagte Nobby. »Das wär' mir auch egal, wenn ich nur zu den Pferden könnte, aber Rossy läßt mich nicht. Das weiß ich genau. Bei Pferden wäre ich glücklich. Ich habe sie gern, und sie verstehen mich.«

»Wie alt bist du?« mischte sich der Inspektor in die Unterhaltung. »Müßtest du nicht zur Schule gehen?«

»Doch, nach den Ferien sollte ich ins Internat zurück. Aber ich hab' null Bock drauf«, antwortete Nobby. »Ich bin schon über vierzehn, brauch' Gott sei Dank nich' mehr lang, dann kann mich die Schule gernhaben.«

Er grinste. Er sah nicht wie vierzehn aus, eher wie zwölf. Dann machte er wieder sein trauriges Gesicht.

»Du kannst bei uns bleiben, solange du willst«, sagte Julius. »Wir bleiben noch einige Zeit hier.«

Aber er hatte sich getäuscht. Kurz nachdem der Inspektor mit seinem Polizisten gegangen war, kam Frau Mack angerannt und schwenkte einen Umschlag.

»Gerade war der Telegrammbote da«, sagte sie. »Er hat euch gesucht. Er hat mir dieses Telegramm für euch gegeben. Hoffentlich keine schlimme Nachricht.«

Julius riß den Umschlag auf und las laut vor:

Entsetzt über Brief mit den letzten Ereignissen.
Klingen gefährlich. Sofort heimkommen.
Vater

»Da haben wir die Bescherung!« klagte Anne. »Jetzt, wo es am schönsten ist, müssen wir fort. So ein Mist!«

»Ich fahre am besten gleich ins Dorf und rufe Vater an, um ihm zu sagen, daß alles in Ordnung ist«, sagte Julius.

»Du kannst von uns aus anrufen«, schlug Frau Mack vor. Julius ging gleich mit. Während er sich mit der Bäuerin unterhielt, kam ihm plötzlich ein glänzender Einfall.

»Übrigens, glauben Sie, daß Ihr Mann jemanden brauchen könnte, der ihm bei den Pferden hilft?« fragte er. »Einen Jungen, der Pferde gern hat, gut mit ihnen umgehen kann und ordentlich arbeiten würde?«

»Nun, ich glaube schon«, meinte die Bäuerin. »Arbeitskräfte sind im Augenblick knapp. Neulich erst hat mein Mann gesagt, er könnte einen anständigen Jungen brauchen, der gerade aus der Schule kommt.«

»Oh, meinen Sie, er würde unseren Freund Nobby vom Zirkus nehmen?« fragte Julius. »Der ist ganz verrückt auf Pferde. Und an Arbeit ist er gewöhnt. Außerdem kommt er dieses Jahr aus der Schule. Er wird sich bestimmt gut einarbeiten.«

Nach dem Telefongespräch mit seinen besorgten Eltern hatte Julius noch eine lange Unterredung mit Bauer Mack gehabt, jetzt rannte er mit guten Nachrichten wieder zu den Wohnwagen.

»Nobby!« rief er, als er näher kam. »Nobby! Möchtest du Bauer Mack bei den Pferden helfen? Er sagt, du kannst morgen anfangen, wenn du willst, und auf dem Hof wohnen.«

»Ich glaub', ich spinne!« stotterte Nobby. »Auf dem Hof? Bei den Pferden arbeiten? Das ist das Schärfste! Aber Bauer Mack nimmt doch keinen Zirkusjungen.«

»Doch. Er hat gesagt, er will's versuchen«, erklärte Julius. »Wir müssen morgen heimfahren, und bis dahin kannst du bei uns bleiben. Du brauchst nicht mehr ins Lager zurück.«

»Okay, aber was ist mit Knurrer?« erkundigte sich Nobby. »Ich muß ihn mitnehmen. Es ist mein Hund. Der arme Beller wird inzwischen tot sein. Ob es den Bauern stört, wenn ich einen Hund mitbringe?«

»Ich glaube nicht«, sagte Julius. »Du mußt also doch noch mal in die Höhle des Löwen! Bring's hinter dich, dann haben wir den übrigen Tag noch vor uns.«

Pfeifend und überglücklich rannte Nobby davon.

»Nein, so was!« sagte er immer wieder. »Ich fass' es nicht! Lou und Dan sitzen im Knast, ich brauch' nicht mehr ins Lager, und ich hab' einen Job auf dem Bauernhof. Das darf doch alles nicht wahr sein!«

Die Kinder hatten sich von Pongo verabschiedet, denn er mußte mit Nobby ins Lager zurück. Er gehörte Gorgio, dem Zirkusdirektor Gorgio, und Nobby durfte ihn wahrscheinlich nicht behalten. Außerdem hätte Frau Mack wohl kaum einen Schimpansen auf ihrem Hof geduldet.

Pongo gab jedem würdevoll die Hände und versuchte auch Tims Schwanz zu erwischen. Er schien zu merken, daß es ein endgültiger Abschied war. Den Kindern tat es wirklich leid, den lustigen Schimpansen gehen zu sehen.

Als er schon ein Stück den Berg hinuntergelaufen war, rannte er zurück zu Anne. Er legte den Arm um sie und drückte sie an sich, als wollte er sagen: Du bist die Netteste von allen.

»Oh, Pongo, du bist vielleicht ein Lieber!« sagte Anne und schenkte ihm eine Tomate. Er lief damit fort und machte vor Freude hohe Luftsprünge.

Die Kinder packten alles zusammen und putzten die Wagen für die Abreise am nächsten Tag. Um die Mittagszeit hielten sie Ausschau nach Nobby. Er mußte bald zurück sein.

Sie hörten ihn pfeifen, als er den Weg heraufkam. Auf dem Rücken trug er ein Bündel. Um seine Füße rannten zwei Hunde. Zwei?

»He, schaut! Beller ist dabei!« rief Georg erfreut. »Es geht ihm also besser! Gott sei Dank!«

Grinsend kam Nobby an. Sie umdrängten ihn und fragten ihn aus.

»Ja, es ist alles in Ordnung«, erklärte Nobby und stellte den Sack mit seinen Habseligkeiten auf den Boden. »Lucilla hat ihn gesund gepflegt. Er war fast am Sterben – dann hat er ein bißchen gezappelt, und am nächsten Tag hat sie gewußt, daß er wieder gesund wird, heute geht's ihm aber schon prima.«

Man konnte dem kleinen Hund wirklich nichts mehr ansehen. Schwanzwedelnd umschnüffelten Beller und Knurrer Tim, der sie hoch überragte, aber auch mit dem Schwanz wedelte, so daß die beiden Hunde seine freundliche Gesinnung erkannten.

»Ich hab' Schwein gehabt«, erzählte Nobby. »Ich hab' nur Lucilla und Larry getroffen. Gorgio war mit ein paar anderen auf dem Polizeirevier. Ich habe Larry gesagt, er soll Gorgio ausrichten, daß ich gehe, hab' meine Sachen geholt – und dann nichts wie ab.«

»Dann können wir also jetzt unseren letzten Ferientag hier so richtig genießen«, schloß Julius. »Alles ist in Ordnung.«

Sie gingen hinunter an den See und badeten. Sie kamen zum Nachmittagstee zu Frau Mack auf den Hof. Abendessen gab es auf der alten Felsschwelle, während die Hunde in der Gegend herumtollten. Nobby war traurig bei dem Gedanken, sich bald von seinen Freunden verabschieden zu müssen, aber er war stolz und froh über seine Anstellung auf dem Hof bei den Pferden, die er so liebte.

Nobby, Beller, Knurrer, Bauer Mack und seine Frau standen am Weg, um zu winken, als die Wagen am nächsten Morgen abfuhren.

»Lebt wohl!« rief Nobby. »Viel Glück! Auf Wiedersehen!«

»Lebt wohl!« riefen die anderen. »Grüße an Pongo, wenn du ihn siehst.«

»Wau! Wau!« bellte Tim, aber nur Beller und Knurrer verstanden, was das bedeutete. Es hieß: »Schüttelt Pongo die Pfote für mich.«

Lebt wohl, ihr fünf Freunde – bis zu eurem nächsten aufregenden Abenteuer.